일러두기
책에 등장하는 '고래가 될' '찬타앤제이' '하도리 구멍가게'는 현재 더 이상 운영하지 않는 곳임을 알립니다.

의외로 간단한 :)

초판 1쇄 인쇄 2019년 5월 15일
초판 1쇄 발행 2019년 5월 23일

지은이 최예지
책임편집 조혜정
디자인 그별
펴낸이 남기성

펴낸곳 주식회사 자화상
인쇄,제작 데이타링크
출판사등록 신고번호 제 2016-000312호
주소 서울특별시 마포구 월드컵북로 400, 2층 201호
대표전화 (070) 7555-9653
이메일 sung0278@naver.com

ISBN 979-11-89413-82-8 02810

이 도서의 국립중앙도서관 출판예정도서목록(CIP)은 서지정보유통지원시스템 홈페이지 (http://seoji.nl.go.kr)와 국가자료공동목록시스템(http://www.nl.go.kr/kolisnet)에서 이용하실 수 있습니다.(CIP제어번호: CIP2019018388)

자화상

작가의 말

시작은
언제나
플레이 볼

2013년 여름의 끝 무렵, 단 한 장의 티켓. 열정 대학 인턴 출근을 하루 앞둔 날 찾아온 티켓이 있다.

"예지 씨, 산티아고 갈래요?"

어떤 이유도 설명도 없었다. 그저 "죽기 전에 다른 사람 세 명에게 똑같이 산티아고행 티켓을 주면 돼요."라는 조건이 있을 뿐이었다. 괴로웠다. 나를 오랫동안 지켜봐온 분의 신뢰를 저버려야 한다는 죄책감, 스물다섯 살 하반기 공채를 준비해야 한다는 의무감, 미래에 대한 불안함, 다녀온다고 해서 변할 리 없는 내 인생에 대한 막막함, 그 모든 것이 말이다. 결과적으로 산티아고를 택한다면 열정 대학을 배신하는 꼴이 되어버리겠지만, 그곳에서 배운 대로 행동했다. '내일 죽는다면 어떤 선택을 할까?'라는 질문에 주저 없이 산티아고를 택했고, 그렇게 난 2주 뒤 프랑스 작은 마을 생장 피드 포르 길 위에 올랐다. 40여 일간, 긴 여정의 시작을 알리는 셈이었다.

가진 것은 없었다. 아는 것도 없었다. 여분의 옷 한 벌, 각종 비상약, 발가락 양말, 잠옷, 수건, 침낭, 드로잉 노트와 색연필, 카메라와 휴대폰 그리고 한 달 치의 생활비뿐이었다. 내가 산티아고에 갈 수 있게 전폭적인 지지를 해준 그에게 이별 아닌 이별을 통보한 채 떠난 길은 더없이 무거웠고, 출발부터 지친 상태였다. 아무도 내게 이만큼 걸으라거나 자신과 함께 걷자고 이야기하지 않았다. 형체도 알 수 없는 누군가에게 끌려다니기 시작한 지 열흘째, 생리를 두 번 했고 발목과 무릎은 퉁퉁 부었으며 신음 소리 없이는 일어나지도 앉지도 못하는 상태가 됐다. 그런 내게, 잘 알지도 못하는 외국인 아저씨가 이렇게 말했다.

"여긴 너의 길이야. 그들을 따라가지 마. 멈춰."

하늘에 별이 빼곡히 가득했던 밤이었다. 너무 빼곡해 숨 쉴 틈이 없을 정도로 말이다. 숨죽여 울었다. 왜 이 길에 왔을까, 왜 걷고 있는 걸까. 걷지 않고 멈췄다. 그때부터 모든 것이 달라지기 시작했다.

늘 내일을 살았던 내게 산티아고가 알려준 건 오늘을 사는 즐거움이다. 20년을 넘게 내일 뭐 하지, 하며 살던 애가 '오늘 뭐 하지'를 넘어 '지금 뭐 하지'를 묻는 순간, 무언가 달라졌다. "삶이 송두리째 달라졌어."라는 건 뻥이지만 무언가 달라져 있었다. 길에서는 '오늘 뭐 하지?'가 통하지 않았다. 지금 내딛고 있는 발걸음 하나에 모든 게 달려 있었다. 돌 하나라도 잘못 밟으면 오늘 무엇을 할까 생각하는 일이 얼마나 무의미한지 깨닫게 된다. 그렇게 처음으로 '지금, 여기'에 집중해서 한 달을 살았다. 나를 아는 나에게는 참으로 신기한 경험이었다. 내일을 생각하지 않는 나는, 내 삶 속에 존재하지 않았기 때문이다. 오늘을 사는 방법을 터득한 셈이었다.

나뭇잎 모양, 나무가 내는 소리, 바람 소리, 풀 냄새, 사람들의 땀 냄새, 길에서 따먹는 열매의 시큼한 맛. 오감으로 그 모든 것을 기억했다. 길에 떨어진 호두 한 알, 사람들의 미소, 포옹, 그 모든 것이 날 살아 있게 했다. 더없이 충만했으며, 더없이 행복했다. 어느새 난 길 위에서 행복한 아이로 사랑받고 있었고, 사람들은 나를 힘껏 안아주었다.

산티아고에서 돌아오고 1년의 시간이 지났다. 돌아오자마자 그곳을 잊지 못해 제주도에서 긴 시간을 머물렀다. 그 사이 두 번째 이별을 했고, 산티아고의 친구들은 자신의 일상으로 돌아가 내 기억에서 점점 잊혀졌다. 하고 싶던 일을 위해 제주에서 서울로 돌아왔지만, 내 부족함과 예기치 못한 이유가 맞물려 시작조차 하지 못했다. 무덤덤한 심정으로 하루하루를 보내다 새 사랑을 만났으며, 제주도로 다시 돌아가 제대로 끝내지 못했던 긴 여행에 마침표를 찍었다. 시간은 그렇게, 1년이나 흘러 있었다. 그곳에서 배운 '지금, 여기' 두 단어는 여전히 내게 중요한 의미를 준다. 미래를 생각하며 불안해하기보다. 지금 여기서 내가 할 수 있는 일이 무엇인지 생각하는 것. 행동은 더디지만, 나는 조금씩 나아가는 중이다.

지금, 기록하려 한다. 그곳의 이야기를, 그곳의 사진을, 그곳의 그림을 말이다. 늦은 감이 있지만 늦지 않았다 생각한다. 기억하는 대로 풀어내면 그만이다. 항상 그랬듯, 시작은 '박민규'의 플레이 볼이다. 살아가기 퍽퍽한 이 세상, 나와 너, 친구들에게 시작을 알린다. 자, 플레이볼이다.

차례

1부 노란, 길, 그리다

2부 당근밭과 다섯 가지만 아는 삶

3부 초록과 초록 사이, 나는 좋은 날로 간다

It
IS YOUR
CAMINO

2013. 9.10 藝智
생장에서 론세스로.
피레네 산맥을 넘다
물고기 세마리를 키우며.
한 치 앞도 내다볼수 없는 인생.
그래서 즐겁다.
RONCEVAUX

1부

노란,
길,
그리다

어쩌면,

혹시나,

만약에,

⁂

인턴 자리를 포기하면서 선택한 순례길이 불안했다.

혹시나 포기한 그 자리에 기회가 있지 않을까 싶었다.

선택에 대한 책임은 괴로웠다. 어쩌면 무언가를 포기하면서 다른 하나를 선택한 것이 처음일지도 모른다고, 그렇게 생각했다. 늘 두 가지를 다 가지려 했다. 대기업에 가려고 취업 스터디를 하면서 열정 대학을 통해 하고 싶은 것을 찾았다. 하고 싶은 것을 찾기 위해 열정 대학에 다녔지만 깊이가 부족하다며 인큐베이팅에서 인문학을 공부했다. 말 그대로 욕심만 많았다. 그 물이 차가운지, 따뜻한지, 깊은지, 얕은지 알고 싶다면 발을 푹 담가야 한다. 나는 발가락만 살짝 담가놓고 그 물이 느껴지지 않는다고 불평했다. 욕심만 많았던 나는 인턴 자리를 포기하면서 선택한 순례길이 불안했다. 혹시나 포기한 그 자리에 기회가 있지 않을까 싶었다. 기회는 스스로 만들어 가는 것임을, 기회라는 것은 완제품으로 하늘에서 뚝 떨어지는 게 아니라는 걸 알지 못하던 때였다.

그런 불안을 안고 도착한 파리는 낭만적이지 않았다. 길을 시작한다는 설렘도 없었다. 두려웠고 버겁기만 했다. 아니나다를까 파리 공항에 도착하자마자 값비싼 등산 스틱을 잃어버렸다. 당시 가방의 무게는 15킬로그램이었다. 버리지 못해 들고 온 것들의 무게였다. 그 무게를 지탱해야 했던 골반은 시퍼렇게 멍이 들어 티셔츠가 스치기만 해도 쓰라렸다. 그 아름다운 파리에서 이틀 동안 밖에 나가지 않고 숙소에서 울기만 했다. 파리에서 바욘으로 넘어가기까지 일곱 시간이 남아 있었다. 에펠탑으로 갔다. 별다른 생각 없이 에펠탑을 그리기 시작했다. 잠시나마 한곳에 몰입할 수 있었다. 그리고 있는 선이 다른 선으로 연결되기만을 바랄 뿐이었다. 그제야 지금 내가 느끼고 있는 것은 선택에 대한 책임의 무게임을 알았다. 그 순간 어쩌면…….

산티아고에 가고 싶어 인턴을 하지 못하겠다고 선생님께 메시지를 전송했을 때, 이미 길이 시작됐음을 알아차렸는지 모르겠다. 홀가분했다. 지난 것은 되돌릴 수 없었다. 가기로 했으면 일단 가야 했다. 여섯 시간의 기차 여행 끝에 바욘에 도착했다. 더없이 푸르른 하늘 속, 더없이 하얀 구름이 빼곡한 날이었다.

paris

바욘은
그런 곳이다

* * *

내 가방은 13킬로그램이었다.
13킬로그램은 내가 짊어지고 가야 할
바로 이 순간만큼의 온전한 인생의 무게였다.

순례자들이 생장 피드 포르St.Jean Pied De Port 역으로 가기 위해 잠시 멈추는 곳, 멈출 수밖에 없는 곳이다. 바욘 역에 내리면 배낭을 짊어진 순례자들을 쉽게 볼 수 있다. 혹시나 한국인이 있을까, 어떤 사람들과 함께 길에 오를까? 길을 시작하는 생장에 도착하기 불과 몇 시간 전, 이름 모를 설렘과 두려움, 불안함 혹은 설명할 수 없는 감정들이 마구 뒤엉킨다.

모두가 하룻밤 묵어가지 않고 잠시 정차하는 그곳에서 나는 하루 쉬어가기로 했다. 왜인지는 모르겠으나 그래야 할 것 같았다. 조금은 낡고 오래된 느낌이 나는 역과 달리 다리를 건너 만나는 진짜 바욘은 번화한 도시이면서 작은 동네다. 내가 도착했을 때는 이미 해가 진 시간이었고, 동네 사람들은 모두 집에 돌아간 상태였다. 상점들은 모두 문을 닫았고, 거리에는 나 혼자였다. 사람 많고, 정신없는 파리와 달리 바욘은 조용했고 혼자여도 무섭지 않았다. 아이가 태어나 더는 게스트하우스를 하지 않는 써니 언니께 내 사정을 설명했고, 하룻밤 재워달라고 부탁했다. 방이 두 개인 작은 아파트였고, 유학 시절에 만난 프랑스 사람과 결혼해 바욘에 거주하고 있었다. 레스토랑 웨이터로도 세 식구가 사는 데 불편함이 없다고 했다. 조금은 부러웠다. 다양한 상점들 위는 모두 거주지였다. 큰 빌딩 하나 없이 그저 3층이나 4층 건물로 이루어진 그 동네는 '알맞다'라는 형용사가 참 잘 어울렸다. 있을 것은 다 있고, 없어도 되는 것은 없는 동네. 그런 '알맞은' 동네였다.

철저하게 이방인이었던 그곳에서, 파리에서는 위험해 시도조차 하지 못했던 야밤의 쏘다니기를 실컷 했다. 이따금 산책하는 주민들은 키 작은 동양인 여자가 신기한 눈치였다. 내게 뭐라 말을 걸었지만 알아듣지 못해 그저 미소를 지었을 뿐이다. 솔직히 그때 무슨 생각을 했는지 기억이 나지 않는다. 위험한 일은 없을 거라 말해준 써니 언니 덕분에 마음은 놓였지만, 아무도 없는 거리에서 혹시나 누군가 뛰쳐나오지 않을까 심장이 쿵쾅거렸다. 그와 동시에, 고요하고 이 예쁜 동네에 내가 있다는 사실이 신기해 흥분됐다.

뻔하게 살다 뻔하게 취업 준비를 하고 있었는데 이곳에 뚝 떨어진 것이다. 아무리 생각해도 신기하고 웃겼다. 여전히 왜

인지 알 수 없었다. 왜인지 알 수 없어 고민할 것이 없었다. 아기자기한 동네가 예뻤고 물소리가 주는 안도감이 좋았다. 가방을 풀었다 쌌다 반복했다. 아무리 정리를 해도 버릴 것이 없는 내 가방은 13킬로그램이었다. 13킬로그램은 내가 짊어지고 가야 할 바로 이 순간만큼의 온전한 인생의 무게였다. 허둥지둥, 마음이 조급했다. 그도 그럴 것이, 곧 생장이었다.

너는 왜
여기에
왔니?

그저 나는, 이 길이 끝나면 그 이유를 알 수 있지 않을까
어렴풋이 생각할 뿐이다. 길에서 길을 묻기로 했다.

바욘 역에서 기차를 타고 프랑스의 작은 남부 마을 생장 피드포르로 향한다. 기차 안은 모두 순례자들이다. 저마다 가방에 스틱을 꽂고 길을 시작한다는 설렘으로 얼굴이 상기되어 있다. 한국인은 단 한 명도 없다. 영어를 비롯해 독일어, 프랑스어까지 들려오는 기차 안에서 나는 숨죽여 있다. 물어물어 기차까지 탔건만 여전히 믿기지 않는다. 잠을 이룰 수 없다. 이내 기차가 멈추고 생장에 도착했다. 사람들이 향하는 곳으로 쫓아가야 한다는 생각에 사로잡혀 생장의 모습은 잘 기억이 나질 않는다. 그만큼 난 이 길에 대해 아는 것이 하나도 없었다. 마음이 조급했기에 사진 한 장 남기지 못했다.

언덕길을 올라 순례자 사무실에 이르렀다. 길을 시작하려면 이곳에서 순례자 여권을 만들어야 한다. 왜 이곳에 왔느냐는 질문에 별다른 대답 없이 순례자 여권을 만든다.

나는 아직 이유를 알지 못한다. 그저 누군가 내게 가보라며 티켓을 주었기 때문이다. 그저 나는, 이 길이 끝나면 그 이유를 알 수 있지 않을까 어렴풋이 생각할 뿐이다. 길에서 길을 묻기로 했다.

이 두근거림은
이상하다

* * *

"이 길에 왜 왔니?"

나는 제대로 대답하지 못한다.

장황한 내 이야기를 말하기에는 영어가 짧다. 나는 웃고 말았다.

생장의 크나큰 초록색 도장이 길의 시작을 알린다. 나는 여전히 마음이 분주하다. '좋은' 알베르게(숙소)에 가서 '좋은' 침대를 차지해야 한다는 욕심 때문이다. 불안한 마음에 마을은 둘러보지도 못한다. 그곳이 얼마나 작고, 아름다운 동네인지는 한국으로 돌아와서야 알게 되었다. 모든 게 낯설다. 기분 좋은 낯섦보다는 불안함으로 인한 낯섦이다.

알베르게에 돈을 지불하면 저녁 식사를 제공한다. 나이, 국적이 모두 다른 사람들이 한데 모여 함께 저녁 식사를 한다. 길을 처음으로 시작하는 이 시점, 모두들 간단한 자기소개를 한다. 그리고 이내 묻는다.

"이 길에 왜 왔니?"

나는 제대로 대답하지 못한다. 장황한 내 이야기를 말하기에는 영어가 짧다. 나는 웃고 말았다. 그 질문은 순례길 내내 나를 따라다녔다. 그 질문에 답한 건, 한참이 지나서였다.

알 수 없는 이유와 알 수 없는 감정들로, 낯선 짐승들의 울음소리를 들으며, 그렇게 순례자의 하루가 지나가고 있었다. 시작이다.

세상에서 가장 아름다운 뒷모습.
행복해 지는 건 간단하다.
간단해지는 것이 어려울 뿐이다.
어느덧 100km를 걸어왔다.

누가
완벽할 수
있겠어

시간이 지날수록, 문득문득 나를 잡아끄는 힘을 느낀다.

더 잊기 전에, 더 늦어지기 전에…….

서울에서 파리까지, 파리에서 바욘까지 도착했다. 바욘에서 생장까지도 어찌어찌 도착했는데, 피레네 산맥을 넘지 못하고 있다. 카메라도 꺼내지 않았고, 그나마 휴대폰에 있는 사진도 다 날려버렸다. 그냥 '나중에' 넘자. 그렇게 결론지었다.

좋아하고, 하고 싶은 일에 의무감이 주어지면 이상하리만큼 글과 그림에 힘이 들어간다. 힘이 들어가니 뜻대로 되지 않고, 또 뜻대로 되지 않으니 무기력해진다. 아마 잘하고 싶고, 인정받고 싶기 때문일 터. 이럴 때 가장 좋은 방법은 "왜?"라고 한 번 물어주는 것.

인생에 있어 터닝 포인트라는 건 자기계발서에나 나오는 이야기인 줄 알았다. 극적일 리 없는 평범한 내 인생에 터닝 포인트는 없다 생각했다. 나는 여전히 게으르고, 여전히 사랑에 울고 웃으며, 여전히 변덕이 심하고, 여전히 나약하기 때문이다. 하지만 시간이 지날수록, 문득문득 나를 잡아끄는 힘을 느낀다. 더 잊기 전에, 더 늦어지기 전에……. 기록하고 싶었을 뿐이다.

그럼 됐다. 굳이 순서대로 할 필요도, 잘하려고 애쓸 필요도 없다. 꼭짓점을 찾아내면 그만이다.

비가 온다. 그리 덥더니 말이다. 한 치 앞도 내다볼 수 없는 인생. 피레네 산맥을 넘어야 하는데, 도무지 넘어지지가 않아 그냥 돌아가기로 한다. 잠시 돌아가면 된다.

오늘은 힘든 코스도 아니었다.
어제 다친 무릎 뒤가 너무 아파
허리는 제대로 펴지 못하니 몸에
균형이 맞질 않아
정말 질질 끌어서 남은 7km를 걸었다.
이는 악물고, 입술은 물고, 악은 써 가며.
도대체 왜, 우리는 걷고 있는 걸까.

2013. 9. 13 藝智

가장
가까이 있는
사람

인생이 원래 그래. 왜 아무것도 보이지 않아.
내가 보이잖아. 나도 네가 이렇게 선명히 보이는걸.

길이 시작되는 생장에서 가장 먼저 만나는 건 피레네 산맥이다. 경치가 아름다운 곳으로 유명해, 30킬로미터가 넘음에도 불구하고 걷고 싶어 하는 사람이 많다. 순례를 시작하는 길이다. 얄궂게도 비가 내린다. 안개가 자욱하다. 한 치 앞도 내다볼 수 없다는 게 바로 이런 광경일까. 아름다운 풍경은커녕 걸어야만 앞이 보였다. 우비를 입고 꾸역꾸역 올라가는데 누군가 말을 건넨다. 가방이 젖을까 비닐을 씌우고 싶어 내게 부탁을 해온 것이다. 그렇게 아일랜드에서 온 밥 할아버지와 동행이 됐다. 짧은 영어 탓에 긴 대화를 나누지도, 많은 것을 알아듣지도 못했지만 선명히 기억나는 대화가 있다. 안개 때문에 아무것도 보이지 않는다고, 아름다운 풍경은 어디 있느냐고 투덜거리는 내게 밥 할아버지는 이렇게 말했다.

"인생이 원래 그래. 왜 아무것도 보이지 않아.
내가 보이잖아. 나도 네가 이렇게 선명히 보이는걸."

그래. 내게도 밥 할아버지는 선명하게 보였다. 주름으로 가득한 얼굴이었지만, 몸은 근육으로 단단히 채워진, 굳이 배낭 레인커버가 없어도 비닐로 대충 때우면 그만인, 아무것도 보이지 않는다고 투덜거리는 동양 여자애에게 너그럽게 웃으며 "난 네가 보이는걸."이라고 말하는, 그런 멋진 할아버지가 옆에 있었다. 잠시 쉬어가는 중간 지점에서 한국인 친구들을 만나 밥 할아버지와는 아쉬운 작별 인사를 했다. 나는 당연히 우리가 다시 만날 줄 알았다. 길이 끝날 때까지 밥 할아버지는 만나지 못했다. 그는 나의 첫 동행자였다.

안개는 더욱 자욱했고, 비는 더 많이 내렸다. 무릎이며 엉덩이며 멀쩡한 곳이 없었고 날은 추워져만 갔다. 동행의 도움으로 걷고, 또 걸었지만 도무지 줄어들 생각이 없는 길 위에서 나는 절망을 느꼈다. 동시에 작은 체구로 홀로 걷고 있는 일본인 친구에게 자신의 모자를 벗어주며 비를 피하라는 어느 순례자에게서 따뜻함을 느꼈다. 피레네의 풍경은 보이지 않았지만, 옆에 있는 사람의 친절함과 서로를 격려하는 마음은 숨길 수 없었다. 평소에는 보이지도 않는 것들이 마음으로 느껴진다. 10시간을 걷고 나니 두 번째로 묵을 알베르게의 간판이 보인다. 도착이다.

한 치 앞도 내다볼 수 없는 인생. 아무것도 보이지 않는다 생각했지만, 가만히 살펴보니 분명 보이는 게 있었다. 그동안 나는 보이지 않는 것들에만 집착하며 얼마나 많은 것들을 놓치며 살아왔을까. 문득 세상 사람들이 "이렇더라." 한 것들에 얼마나 많은 의미를 부여하며, 나만이 온전히 느낄 수 있는 것들을 알아차리지도 못하고 지나쳐왔을까

이따금 나는 밥 할아버지의 여유 있는 농담을 떠올린다. 생각해보면 그리 슬플 것도, 그리 힘들 것도 없는 삶이다. 나는 그 사실이 항상 감사하게 느껴지곤 한다.

괜한
내일
걱정

떠올린다. 괜한 내일 걱정으로 인해,
셀 수 없이 흘려보냈던 '오늘'을 말이다.

물고기 세 마리를 키우며 피레네 산맥을 넘는다. 방수가 되지 않는 신발 덕분이다. 출렁출렁, 10시간을 물이 고인 신발을 신고 걷는다. 괜한 '내일' 걱정에 짜증이 난다. 젖은 신발로 길을 시작할 아침이 벌써부터 짜증이 나는 것이다. 그 아침은 아직 오지도 않았는데 말이다. 알베르게에서 드라이어를 가진 친구를 만났다. 사정을 설명한 후 신발을 말린다. 뽀송뽀송, 물고기 세 마리가 모두 말라 죽었다. 오지도 않은 내일에 짜증을 내며 무심코 지나쳤던 피레네 산맥의 신비로움이 뒤늦게 떠오른다. 후회해도 소용없다. 나는 이미 지나쳐왔다. 이미 늦을 대로 늦어버렸다. 떠올린다. 괜한 내일 걱정으로 인해, 셀 수 없이 흘려보냈던 '오늘'을 말이다.

2014년 7월 28일 오후 다섯 시 사십육 분, 다시는 오지 않을 이 시간을 기록해본다. 벌써 오십칠 분이다.

아파도 내 몫,
울어도 내 몫,
힘들어도 내 몫

그렇게 홀로 나를 감당하는 무게가
만만치 않음을 느낀다.

놀이터에 그네는 한 개밖에 없다. 오빠만 그네를 타자 여동생이 화를 낸다. 적극적으로 자신이 삐쳤다는 사실을 엄마에게 알린다. 얼굴에 심보가 덕지덕지 붙어 성질을 부리는 모양새가 귀여워 웃었다. 입꼬리가 한쪽만 올라간다. 무릎이며 발목이며 성한 곳이 없어서 웃을 힘도 없다. 허리도 끊어질 것 같고, 골반 역시 성하지 않다. 나는 순간 아이가 부러웠다. 자신의 감정을 여과 없이 표현해 엄마에게 도움을 청하는 그녀가 말이다. 길 위에서 모든 아픔은 온전히 내 몫이다. 내게는 투정부릴 누군가가 없다. 아파도 내 몫, 울어도 내 몫, 힘들어도 내 몫. 그렇게 홀로 나를 감당하는 무게가 만만치 않음을 느낀다. 스물다섯 살, 혼자 다 감당하며 살아왔다 생각했지만 아니었다.

엄마는 그녀를 그네 위에 앉힌다. 엄마가 그녀에게 해줄 수 있는 건 딱 그만큼이다. 저 아이도 어른이 된다면, 엄마에게 도움을 청해서 해결할 수 없는 것들이 수없이 많다는 걸 차차 배울 텐데. 분명, 많이 아플 것이다.

그래도 지금 당장 투정부릴 누군가가 있는 네가, 나는 무척이나 부럽다.

순례길에서 만난 가우디 건축물.
한칸한칸 쌓아올린
저 성처럼,
하루하루 쌓아 올린다면
분명 좋은 날이겠지.

Gaudi caja España
2013. 9. 27. 藝晳.

흔한
인사

***

그저 작은 미소였다.

그저 조금만 더 힘차게 웃으면 되는 일이었다.

내가 그녀에 대해 알고 있는 것이라곤 이름이 '캐롤'이라는 점뿐이다. 우린 같은 숙소에 묵은 적도, 같은 카페에서 밥을 먹어본 적도, 별다른 대화를 나눈 적도 없었다. 이따금 길에서 만날 때마다 반갑게 인사를 했을 뿐이다. 그녀는 이 마을을 마지막으로 산티아고 순례길을 마친다고 했다. 그러니 우리 함께 사진을 한 장 남기지 않겠느냐고 부탁했고, 나는 눈시울이 붉어져서 혼이 났다.

우리는 알고 있었다. 우리가 다시 만날 일은 없다는 걸 말이다. 비행기로 열세 시간이 넘게 떨어진 각자의 나라로 돌아가면, 금세 서로의 존재를 잊는 게 당연해진다는 사실을. 그래도 우리는 다시 만날 것처럼, 언젠간 다시 만날 수 있을 거라는 마음으로 찐하게 작별 인사를 했다. 그녀는 마지막으로 내게 말했다.

"만날 때마다, 밝게 웃으며

인사해주는 너로 인해 행복했어."

길을 걸은 지 일주일이 되는 날이었다. 더 밝게, 더 크게, 더 힘차게 웃으며 인사해야겠다고 다짐했다. 그렇게 한 달 뒤, 나는 길 위에서 스타가 되었다. 내가 인사하면, 사람들은 박장대소했다. 그저 힘차고 우렁차게 팔을 흔들며 "올라, 부엔 카미노(안녕, 좋은 길 돼)!" 를 외쳤을 뿐이었다. 그들은 알지 못했다. 내 인사로 인해 힘든 표정이 역력했던 사람들의 얼굴에 미소가 번질 때, 내 마음에 출렁이는 이름 모를 벅차오름을 말이다. 작은 미소 하나에 "너로 인해 나는 행복해."라고 말해준 그녀 덕분이다. 그저 작은 미소였다. 그저 조금만 더 힘차게 웃으면 되는 일이었다. 그러니 오늘도 조금 더 힘차게, 조금 더 밝게 웃으며 사람들에게 인사를 전해야겠다. 내겐 '그저' 할 뿐인 일이 누군가에게는 '행복'이 될 수 있으니 말이다.

열매 하나에
세상 행복해 하는
그녀 덕에
나도 웃었다
2013. 10. 7
ALBERGUE MUNICIPAL
TRABADELO (LEÓN)
687 827 987
Restaurante
Sevilla
Villafranca
del Bierzo
C.T.R. LAS CORONAS. C/ CAMINO DE SANTIAGO
PEREJE
PENSIÓN
PEREGRINO
TRABADELO

순례자의
길

길을 걷는다고 별로 달라질 게 없는 인생이었다.

길을 걸은 지 4일 만이었다.

걷는다. 대부분의 사람들이, 새벽녘, 별이 숨기도 전부터 말이다. 걷다 작은 카페에 들어가 혹은 길에 앉아 아침을 먹고, 또 걷는다. 하염없이 걷다 점심을 먹고, 그렇게 또 한참을 걷는다. 걷는 속도가 느린 나는 하루에 여덟 시간 이상을 걸어야 오늘 묵을 알베르게에 도착한다. 모두가 그렇게 걷지 않아도 되지만, 대부분 20킬로미터 이상은 걷는다. 그게 가이드북에 나와 있는 정석 이동 거리다.

숨이 턱까지 차오르고 다 때려치우고 싶지만, 한 번만 더 마음을 고쳐먹고 걸으면 곧 마을에 도착하는 희열을 맛보게 하는 신비로운 거리였다. 그 과정은 쉽지 않다. 발에는 물집이 잡히고, 물과 식량이 들어 있는 배낭은 10킬로그램이 넘는다. 게다가 낮 기온은 35도. 길 역시 순탄하지만은 않다. 언덕을 오르고 내려오고, 아스팔트 길을 걷고, 돌을 밟는다. 평소 운동이라고는 몰랐던 내게 그것들은 감당하기가 버거웠다. 내 속도대로 걷는 법을 몰랐다. 무릎과 발목은 깨질 듯이 아프기만 했고, 어깨는 떨어져 나갈 것 같았다. 오만 가지 인상을 다 써가며 겨우겨우, 묵기로 한 알베르게에 도착한다. 나는 무릎에 연골이 없는 사람처럼 좀비가 되어버리곤 했다.

갑자기 화가 났다. 아픈 무릎과 발목을 붙잡으며 내게 물었다. 너야말로 이 길에 왜 온 것이냐고. 나는 대답할 수 없었다. 대답할 수 없었기에, 왜 이놈의 힘든 길을 굳이 돈 들여가며 걷겠다고 하는지 모르겠다고, 누구에게랄 것도 없이 알 수 없는 성을 내고 있었다. 다 뻔한 노릇이란 생각이 들었다. 길을 걷는다고 별로 달라질 게 없는 인생이었다. 길을 걸은 지 4일 만이었다. 길을 온전히 이해하기엔, 부족한 시간이었다.

ALBERGUE
ESPÍRITU
SANTO
979 880 052
CARRIÓN DE LOS CONDES
(Palencia)
길, 나, 그림자
藝智 2013. 9. 24

누군가의
카미노 말고,
나의 카미노

힘이 들면 교통수단을 이용해도 될 일이다.
그럼에도 나는 걸었다. 그래야 하는 줄 알았다.

힘든 코스도 아니었다. 어제 다친 무릎 뒤가 아파 허리를 제대로 펴지 못하니 몸의 균형이 맞질 않았다. 온몸이 삐그덕거린다. 발을 질질 끌면서 남은 7킬로미터를 걸었다. 이를 악물고, 입술을 깨물고, 악을 써가면서 말이다.

그럴 필요가 없었다. 아프면 멈추면 되는 일이었다. 정해진 건 한국으로 돌아가는 날짜뿐이다. 매일 걸어야 하는 이유도 없다. 힘이 들면 교통수단을 이용해도 될 일이다. 그럼에도 나는 걸었다. 그래야 하는 줄 알았다. 사람들이 걸으니까, 사람들이 교통수단을 이용하면 부끄럽다고 생각하니까, 사람들이 저만큼 걸으니까. 나도 그만큼 걸어야 한다고 생각했다.

남들과 다른 길을 걷고 싶다고 산티아고에 왔지만 결국 그 안에서 남들과 똑같이 걷고 있다.

시간이 지나도
기억하는
눈빛이 있다

너는 지금 무슨 생각을 하고 있을까. 마지막으로 묻고 싶다.
너도 그런 눈을 한 채 생각에 잠겨 있는 걸 보니
너도 보고 싶은 이가 있는 거구나.

개와 함께 순례를 하는 이들이 있다. 알베르게 앞에서 늘어져 있는 이름 모를 개를 만났다. 유난히 더운 날이었다. 말을 하는 사람도 지치는데, 말도 못하는 너는 얼마만큼 걸어 왔기에 이렇게 지쳐 있나 싶다. 왠지 눈이 슬프다. 어딘가 슬퍼 보이는 건, 내가 슬퍼서일까, 네가 정말 슬프기 때문일까. 한 번 더 묻고 싶어진다.

나는 지금 엄마가 무척이나 보고 싶은데, 너도 엄마가 보고 싶을까. 너 역시 두고 온 이들이 생각나는 걸까. 불러도 대답이 없는 너는 지금 무슨 생각을 하고 있을까. 마지막으로 묻고 싶다. 너도 그런 눈을 한 채, 생각에 잠겨 있는 걸 보니 너도 보고 싶은 이가 있는 거구나. 나도 문득 떠오르는 사람이 있어 네게 인사를 하고 다시 길을 걷는다.

유난히 더웠던 날, 시간이 지나도 잊히지 않는 눈빛이 있다. 네가 그랬다.

가장
이상적인
두 사람

* * *

행복해지는 것은 간단했다.
간단해지는 것이 어려울 뿐.

세상에서 가장 아름다운 뒷모습이다. 같은 배낭을 메고, 두 손 꼭 잡고 길을 걷는 모습이 아름다워, 대뜸 앞으로 걸어가 사진을 찍어도 되느냐고 부탁했다.

"두 분, 참 아름다우세요."

이렇게 말하고 싶었다. 입에서 맴맴 머물기만 할 뿐 마땅한 단어가 생각나지 않는다. 딱 두 단어만 있으면 되는데 말이다. 주소라도 받아둘걸. 예쁘게 인화해서 보내드리고 싶다. 참 예쁘다. 행복해지는 것은 간단했다. 간단해지는 것이 어려울 뿐. 어느덧 100킬로미터를 걸어왔다.

축제

* * *

북받쳐 오르는 감정을 주체할 수가 없다.
똑같은 실수인지 혹은 또 다른 기회인지는 아직 알 수 없다.

북받쳐 오르는 감정을 주체할 수가 없다. 똑같은 실수인지 혹은 또 다른 기회인지는 아직 알 수 없다. 그저 꾹꾹 눌러 담을 뿐이다. 비아나에는 지금, 축제가 한창이다. 하얀색과 빨간색이 뒤엉킨 축제 속에서 나는 곧 울 것 같은 표정을 한 채 머물러 있다. 스페인 사람들은 소를 골목 끝으로 몰아가며 즐거워했고, 나는 그 속에서 내 감정을 구석으로 몰아가며 슬퍼했다.

아직 걸어야 할 길이 멀다. 나는 쉴 새 없이 떠오르는 수많은 물음들을 마주하며 오늘을 걸었다. 걸어내었다.

지금이
길어지는
순간

* * *

정말 내 힘으로 어찌할 수 없는 상황이 오면
도리어 정리하기가 쉽다.

길을 걷는다. 그 속의 이야기는 저절로 만들어지기보다 구성되기 바쁘다. 왠지 이것조차 내게 교훈을 주려는 게 아닐까 싶어 혼자 이야기를 만들어본다. 그 길은, 그런 이유들이 있어야만 했다. 그런 이유들이 있어야 여전히 버리지 못한 미련의 통증이 조금 가시는 것이다. 걷는 내내, 페이스북에 어떤 에피소드를, 어떻게 풀어낼지 상상하곤 했다. 손에서 한시도 휴대폰을 놓지 않았다. 카페에 가거나, 알베르게에 도착하면 젊은 친구들은 모두 와이파이 귀신이 된다. 잘 잡히지 않는 와이파이를 찾아 이리저리 맴돈다. 밀린 메시지를 보고, 답장을 하고 SNS를 한다. 나 역시 그랬다. 두고 온 것들에 대한 미련이었다.

분수대에서 물을 받으려고 몸을 기울이던 순간, 주머니에 있던 휴대폰이 바닥으로 떨어졌다. 겉은 멀쩡한데, 안쪽 액정이 깨져버려 휴대폰이 먹통이 되었다. 고칠 수 있는 방법은 없었다. 걸어서 도착한 곳은 대도시다. 우체국을 찾아 휴대폰을 한국으로 보냈다. 정말 내 힘으로 어찌할 수 없는 상황이 오면

도리어 정리하기가 쉽다.

그때부터다. 짐이라고 생각해 배낭에 처박아 두었던 카메라를 꺼낸 것은. 휴대폰이 고장 난 건 잘된 일이었다. 그로 인해 나는 '그때, 그 시간'에 오래 머물 수 있었다. 그때, 그 시간을 오래 기억할 수 있게 되었다.

지금도 종종 지금, 여기에 머물기 위해 휴대폰을 끈다.

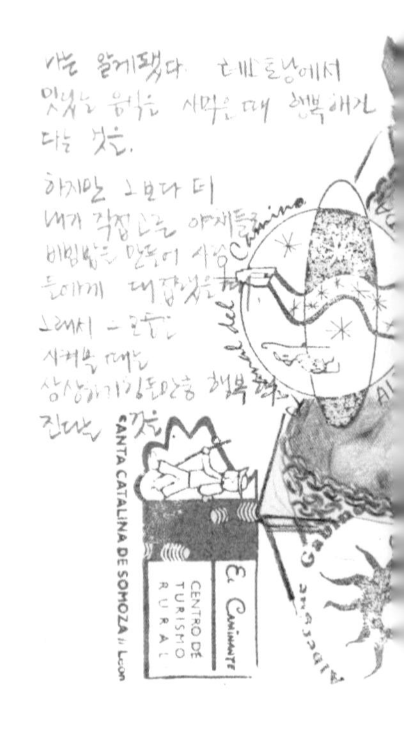

종이 위에는
선과 면과
마음이 있다

***

모든 과정을 노트에 옮긴다.
그 순간만큼은 걱정과 근심, 그 어떤 미련도 생각이 나질 않는다.

그런 순간이 있다. 북적이는 소음이 작아지고, 숨소리는 커지며, 세상이 잠시 멈춘 듯한. 그런 몰입의 순간. 그건 바로 내가 지금, 여기에 충실히 머물고 있음을 말한다. 보는 것에 집중하면, 시간이 점점 느려져 결국엔 시간이 흐르는 것조차 잊게 된다.

한곳에 둥지를 틀고 앉아, 그리기로 한 대상을 관찰한다. 보고, 또 보고, 또 보며 선을 이어간다. 끝은 어떻게 생겼고, 모서리는 어떤 모양이며, 어떤 모양의 문양이 있는지 꼼꼼히 바라본다. 모든 과정을 노트에 옮긴다. 그 순간만큼은 걱정과 근심, 그 어떤 미련도 생각이 나질 않는다. 선과 선이 연결되기만을 바랄 뿐이다. 그림을 그리기 시작한 것은 그때부터였다. 호락호락하지 않은 삶에서, 내 의지와 진심으로 온전히 움직일 수 있는 건 그림이었다. 그때만큼은 내가 주인이 되어 원하는 색과 원하는 선으로 형태를 만들어갈 수 있었다. 그 느낌이 좋았다. 세상에는 내 의지와 진심만으로 온전히 해낼 수 있는 게 많지 않다는 걸 너무 어린 나이에 알았기 때문일까.

일곱 살 때부터 시작된 부모님의 싸움과 이혼, 그리고 두 분의 재혼은 내 힘으로는 어찌할 도리가 없는 일이었다. 내 힘으로는 어찌할 도리가 없었던 그 일은, 내 의지는 하나도 중요하지 않았음에도 내가 감당해야 할 삶의 무게이자 몫이 되었다. 가끔은 억울할 때도 있었지만, 그게 내 삶의 일부분임을, 그 속에서 내가 만들어지고 단단해졌음을 느낀다. 이따금 숨을 쉬기 위해 그렸던 그림은 어느새 나를 현재에 머물게 해주었고, 나는 그 현재 속에서 행복을 느끼고 있다.

어쩌면 그런 행복의 순간순간들이 모여 인생을 이루는 건 아닐까. 만약 이 순간 세상과 작별해야 한다면, 부르고스 성당 앞에 몇 시간을 하염없이 앉아 그림을 그리던 나를 떠올릴지도 모른다.

2013. 9. 17
북받쳐오르는 감정을 주체할 수 없었다.
똑같은 실수인지 혹은 또 다른 기회인지는
아직 알 수가 없다.
그저 꾹꾹 눌러담을 뿐이다.
나헤라에는 지금, 축제가 한창이다.
El Patio del Camino

따스하다,
따사롭다,
따뜻하다.
그곳이 그렇다

* * *

여긴 뭐 이리 여유롭나 싶다. 다들 선글라스를 끼고 술을 시켜놓고 느릿느릿 햇볕을 쪼여가며 앉아 있는데, 나까지 졸릴 정도로 여유롭다.

식당에서 돈을 구걸하는 사람도, 신나게 떠들고 뛰어다니는 애들도, 밥 먹다가 담배 피는 아저씨도, 칭얼거리는 아가도 다 똑같은데 여긴 뭐 이리 여유롭나 싶다. 다들 선글라스를 끼고 술을 시켜놓고 느릿느릿 햇볕을 쪼여가며 앉아 있는데, 나까지 졸릴 정도로 여유롭다. 따사로운 햇살 아래 가만히 앉아 저마다의 이야기를 풀어놓는 사람들. 과하지 않고, 딱 그만큼이다. 솔솔 불어오는 바람과 햇살이 주는 여유가, 그 여유를 온몸으로 맞이할 수 있는 노천카페가 즐비하다. 나는 그 사실이 못내 부럽다.

따스하다 따사롭다 따뜻하다.

멋진 곳이다, 이곳은.

나를 배우고
너를 배운다

***

길에도 똑같은 고민과 인간관계가 있다.
길 위에서 혼자 있고 싶어 사람들을 멀리한 탓에
나는 정말 혼자가 됐다.

당신은 혼자가 아니에요.
무언가 얻기 위해 왔는데 더 혼란스럽고 얻지 못했다 해도,
카미노(길)의 과정인 것 같아요. 힘내요, 당신.

윤민겸

꿈이나 환상 없이 각오만으로 걸은 이 길, 내려놓을 건
내려놓고 계속 짊어질 것은 짊어질 각오를 하며 걷겠습니다.
감사합니다.

한국에서 온 지현

하지만 이 길 끝에 결국 아무것도 없다고 해도
저는 만족합니다. 하루하루 걷는 게 행복하니까.

오종언

시간에 촉박해하지 말고 무엇이 어떻게 되든 자신이

시간을 다루는 카미노 길이 되길 바라요.

모두들, 얻으려고 하기보단 비워내고 변하는.

아무도 몰라주더라도 자신은 진정 변했다고 믿는

자신을 위한 카미노 길 되세요.

이름 없음

_ 알베르게 방명록에서, 한국인 친구들로부터

길에도 똑같은 고민과 인간관계가 있다. 길 위에서 혼자 있고 싶어 사람들을 멀리한 탓에 나는 정말 혼자가 됐다. 하지만 우리는 또 같은 마을에 머물렀고, 멀찍이 떨어져 있는 나는 소외감을 느낀다. 괜히 민망하고, 외롭고, 안타깝다. 길도 일상이다. 길도 사람 사는 곳과 다르지 않다. 모두가 신나게 노래를 부르고, 떠들고 있는 이곳에서 나는 홀로 알베르게에 앉아 다른 이들이 적고 떠난 방명록을 읽는다. 스스로를 다독여본다. 괜찮다고 말해본다. 나는 그렇게 오늘도, 길에서 나를 배우고 너를 배운다.

DAVID LEVINSON
caminoship
Los Arcos, 2013. 9. 15
Greg Ryan
나이 국적 상관없이
누구나 친구가 되는
산티아고
NOLAN BEARD
친구들이 자신의 얼굴에
써 준 작가의 이름.
ALBERGUE
CASA ALBERDI
Los Arcos - Navarra
Tfno. 948 64 07 64

이제야
조금

* * *

아트 예. 좋은 이름을 선물 받았다.
길에서 길을 물은 끝에 더 분명해진 이름이다.

최예지. 예술 예, 지혜 지. 예술과 지혜. 아빠가 지어준 이름이다. 예술을 하며 지혜롭게 살아라. 예술 예, 즉 재능 예는 획수가 너무 많아 이름에 쓰는 한자가 아니다. 이 사실은, 동생의 출생신고를 할 때 알았다. 동생의 예술 예는 거부당했다. 예빈의 예는 다른 한자를 쓴다. 예술과 지혜. 재능과 지혜. 나는 자주, 이름처럼 살고 있고 있다는 생각을 한다.

순례길에서 그림을 그렸다. 호주의 그녀는 나를 아트 예art-ye라고 불렀다. 그녀는 항상 내 그림을 사진으로 남겼다. 그녀는 알지 못했다. 내 이름의 '예'가 한자로 예술이라는 뜻임을 말이다.

아트 예. 좋은 이름을 선물 받았다. 길에서 길을 물은 끝에 더 분명해진 이름이다.

X,
인생의
정지 표시에
대하여

***

이따금 가야 할 길 말고,
가지 말아야 할 길을 알려주는 저 표식이 좋았다.
내 삶에도 저 표식이 나타나면 얼마나 좋을까 생각한다.

순례자들은 노란 화살표를 보며 걷는다. 나무에도, 돌에도, 지붕에도, 벽에도, 바닥에도 노란 화살표가 가야 할 길을 알려준다. 종종 여러 갈래의 길이 나올 때는, 엑스표가 여긴 길이 아니라고 말해줄 때가 있다. 이따금 가야 할 길 말고, 가지 말아야 할 길을 알려주는 저 표식이 좋았다. 내 삶에도 저 표식이 나타나면 얼마나 좋을까 생각한다.

누군가에게 그 말이 상처가 될 것임을 알면서도 지금 당장 분에 못 이겨 그 말을 기어코 내뱉고 싶어 하는 내 마음에게, 부모님이 꽤나 많이 늙으셨다는 사실을 알아차렸음에도 다음이 있을 것처럼 차일피일 표현을 미루는 내게, 다시 오지 않을 이 시간들을 죽은 시간으로 만드는 내 삶의 태도에게.

단호히 안 된다는 저 표식에, 우리는 없고 내 마음, 내 삶밖에 생각해내지 못하는 이기적인 나 자신에게 그건 아니라는 엑스표를 선명히 그어본다.

길 위의
흥얼거림

＊＊＊

길에서조차 내 속도를 유지하는 게 힘든데,
한평생 사는 인생, 내 페이스대로 내 뜻대로 산다는 게
얼마나 어려운 일인지 가늠조차 어려웠다.

순례자들은 걷다 지칠 때, 음악에게 위로를 받곤 한다. 휴대폰이 고장 나 뭐라도 들을 기계가 없었으므로, 노래를 듣기 위해서 나는 직접 노래를 불러야 했다. 끝까지 부를 수 있는 노래가 없었다. 부를 노래가 없어 동요를 부르기도 했지만 쉬이 채워지질 않았다. 길 위에서 완전히 부를 수 있는 노래가 없다는 게 얼마나 슬픈 일인지 깨닫는다.

400킬로미터를 걸어왔다. 걸으면서 나는 얼마나 자주 내가 걸어온 길을 되돌아봤을까. 아마 하루 한 번 혹은 그마저도 없을 때가 많았다. 뭐가 그리 급해 앞만 보고 걸어온 것인지 모르겠다. 20킬로미터를 걸을 때도 내 페이스를 유지하지 못한 채 앞사람을 따라가는 데 급급했다. 길에서조차 내 속도를 유지하는 게 힘든데, 한평생 사는 인생, 내 페이스대로 내 뜻대로 산다는 게 얼마나 어려운 일인지 가늠조차 어려웠다.

오늘의 동행자였던 그가 말한다. 세상 사람들이 흔히 말하는 '좋아하는 일을 하면서 열정적으로 살아봤지만' 결국 그 안에서도 중요한 건 균형이었다고.

오늘도 따뜻한 우유에 코코아를 타 먹으며 스스로의 균형을 잡아본다. 『죽은 왕녀를 위한 파반느』에서 인디언들은 말을 타고 달리다 말에서 내려 자신이 달려온 쪽을 한참 바라본다 했다. 걸음이 느린 자신의 영혼을 기다려주는 것이다. 그러고서 영혼과 함께 다시 달리기 시작한다고.

그의 말처럼 인간은 어쩔 수 없이 자신의 영혼을 돌아봐야 한다. 내가 그랬다.

Bar - Restaurante
Tel. 987 54 31 97 • LA PORTELA DE VALCARCE (León)
2013.10.5
JUNTA VECINAL
FABA (León)
Tel. 982 367 172
5 OCT 2013
CASA JAIME
Albergue A Reboleira

아무것도
묻지 않아도
다 아는 사람

그날 밤 다짐했다.

이 길에서조차 불행해지지 말자. 따라 걷지 말자.

내 속도대로, 내 발길 가는 대로 걷자고 말이다.

너와 처음으로 대화를 나눈 날, 나는 마음도 몸도 꽤나 지쳐 있었어. 평소엔 어림도 없던 낮잠을 세 시간이나 잔 뒤, 잠이 덜 깬 채 너의 뒷모습을 봤어. 무척이나 반가웠어. 물론 너와는 그저 서로의 다른 무리 속에서 인사만 나눈 사이였지만. 나는 네 이름을 기억하지도 못했지만 말야.

친절하게도 너는, 내가 너무 지쳐 보인다며 오렌지와 초콜릿을 사주었어. 그걸 먹고 나서야 기운을 차리고 네 얼굴을 바라봤지. 우리는 그날 우연히 그렇게, 온전히 둘만의 시간을 보냈어. 가만히 내 이야기를 듣곤 깊은 눈동자로 나를 바라보며 고개를 끄덕일 때, 나는 벅차오르는 감정을 느꼈어. 나는 너로 인해, 내가 왜 산티아고에 왔는지 알 수 있었어. 그대에게 참 감사해.

넌 내게 굉장히 특별한 사람이야. 고마웠고, 언제나 고마울 거야.

늘 그랬듯, 또 보자라는 말로 인사를 전해. 또 봐요, 우리. 무척이나 보고 싶을 거예요.

2013.10.12. 피니스테라에서 당신의 예지가.

나는 그에게 한국말로 편지를 썼다. 다시 만나면 영어로 번역해주기로 약속하고. 10개월이 지나서 나는 네게 주었던 엽서를 찍어둔 사진을 발견한다. 아무래도 나는 네게 적어준 이야기를 기록해두고 싶었나 보다.

순례길에서 많은 사람들이 서로에게 묻는다. "너는 이 길에 왜 왔니?" 나는 "누군가 내게 산티아고를 가는 비행기 티켓을 줬거든." 하고 대답했다. 그게 사실이었기 때문이다. 짧은 영어 탓에 외국인 친구들은 그 말을 제대로 이해하지 못했다. 너무 많은 설명이 필요했지만, 나는 모든 걸 설명할 수 없었다. 더욱이 너무 다른 문화를 가지고 있었기에 '잘 알지도 못하는 사람이 내게 비행기 티켓을 선물해준 기적 같은 일'의 의미를, 그들은 전혀 이해하지 못했다. 말이 통하는 한국인 친구들의 대답은 한결같았다. "부럽다. 돈 많은 친구, 나도 좀 소개시켜줘."

너는 달랐다. 엉터리 영어임에도 모든 걸 알아들었다. 그게 얼마나 멋진 일인지, 그게 얼마나 특별한 일인지, 이번 경험이 나의 삶을 어떻게 변화시킬지, 그래서 나의 삶은 어떤 궤도로 흘러들지까지 궁금해했다. 너는 정말 특별한 사람이었다. 더불어 너는 내게 말했다. 그럴 만한 가치가 있는 사람이기에 너는 이곳에 왔고, 티켓을 선물받은 것은 결코 우연히 그리고 단순히 운이 좋아서는 아니라고 말이다. 너는 내가 알아듣기 쉽게 또박또박 한 단어 한 단어 강조하는 배려도 잊지 않았다.

나는 선택을 했지만 여전히 흔들리고 있었다. 내 이야기를 진지하게 들어줄 사람, 아니 너는 괜찮다고 말해줄 사람이 필요했다. 나는 누군가의 지지가 없으면 홀로 서지 못할 만큼 나약했고, 생각이 너무 많았다. 너의 깊은 눈동자 속에 들어가고 나서야 산티아고에 온 이유를 알 수 있었다. 그날 밤 다짐했다. 이 길에서조차 불행해지지 말자. 따라 걷지 말자. 내 속도대로, 내 발길 가는 대로 걷자고 말이다. 괴롭기만 했던 순례길이 행복해지기 시작한 것은 그때부터였다.

나는 여전히 고개를 끄덕이며 나를 바라보던 네 파란 눈동자를 기억한다. 나에 대한 절대적인 지지가 담겨 있던 네 눈동자를 말이다. 나는 너를 오래도록 기억하고 싶다.

세상의 끝,
피니스테라
순례자의 길을 모두
끝냈다.
Fisterra
ALBERGUE FIN POR FISTERRA
함께 출발한 일행들과 떨어져
112km만 걸은 채 사하군에서 멈췄다
그곳에서 우연히 만난 크리스와
까미노에서 처음으로 외국인과 단둘이
저녁식사를 했다. 그는
니가 여기 온 이유가 내가 만난
사람들의 이야기 중 가장 흥미롭다며
영화 속 주인공 같다 했다
개떡같이 말해도 찰떡같이
알아듣는 그 덕분에
모처럼 신기했고, 더 없이
특별한 저녁이었다.
가슴이 두근댈 정도로

주문처럼
외우는 말
"딱 그만큼만 더"

***

정말 조금만 더 힘을 내면, 그리 간절히 바라던 마음이 나온다.
딱 그만큼만 더. 정말 딱 그만큼만 더.

가시밭길을 걷는 듯이 발에는 엄청난 통증이 몰려온다. 어깨에 매달려 있는 배낭은 땅으로 점점 더 꺼진다. 길은 중요치 않다. 나 자신과의 싸움도 필요 없다. 발목은 시큰시큰, 고통스럽기만 하다. 딱 거기서 2킬로미터 더 걸으면 된다. 숨이 턱턱 막히지만, 침을 꿀꺽 삼켜가며 조금만 더 힘을 낸다. 정말 조금만 더 힘을 내면, 그리 간절히 바라던 마을이 나온다. 딱 그만큼만 더. 정말 딱 그만큼만 더.

벌어도 벌어도 끝이 없는 돈을 위해, 자식을 위해 오늘도 숨이 턱턱 막힐 만큼 장사를 하는 부모님이 계시다. 부모님은 그리 간절히 바라는 삶에 도착할 수 있을까. 여전히 엄마가 만들어준 그늘 밑에 피해 있는 나는 "엄마 조금만 더 힘을 내. 결국엔 도착할 거야."라고 말할 자격이 없다.

빨래

해가 쨍쨍. 빨래가 마르기 딱 좋은 날씨다.
바삭바삭. 강한 햇살에 모든 물기를 흡수해버린
은은한 향기가 나는 빨개가, 나도 좋다.

너는 유난히 빨래를 좋아했다. 묵은 상처를 깨끗이 씻어버리고 싶었던 걸까, 그저 빨래에서 난 향기가 좋았던 걸까. 순례길을 걸을 때마다 마주치는 빨래 앞에서, 나는 종종 생각했다. 왜 한 번도 네게 그 이유를 묻지 않았을까. 그녀는 말했다.

"너는 여유롭고 어디에도 묶여 있지 않아.
근데 그 아이는 외롭고 쓸쓸하고 부족해 보여."

나는 이제야 그녀의 말이 조금 이해된다. 나는 좁아진 너의 세계가 답답했나 보다. 그래서 난, 너의 세계가 완전히 닫히고 나서야 이렇게 조금씩 너를 추억한다.

해가 쨍쨍. 빨래가 마르기 딱 좋은 날씨다. 바삭바삭. 강한 햇살에 모든 물기를 흡수해버린 은은한 향기가 나는 빨래가, 나도 좋다. 이젠 네게, 왜 빨래가 좋으냐고 물어볼 수 없는 여름이다.

사랑이었다

***

나는 내 삶이 송두리째 흔들릴 만한 이별을 했었던가.
모든 게 와르르 무너지고, 그 감정이 무엇인지조차 가늠할 수 없는 그 감정.

"언니, 난 산티아고 기억이 고통스럽기만 했어요. 그 길은 내게 아무것도 알려주지 않았고, 아무것도 남긴 기억이 없다고 생각했어요. 근데 언니 이야기를 듣고 나니까 내게도 똑같은 기억이 있다는 걸 이제야 깨달았어요. 집에 가서 다시 차근차근 꺼내봐야겠어요."

분명 계절 탓도 있었다. 내가 겪은 산티아고는 모든 것이 풍성하게 결실을 맺는 가을이었고, 그녀의 길은 내내 모든 생명이 움츠러들어 아무것도 없는 추운 겨울이었다. 내 순례길에서는 고작 이틀 비가 왔을 뿐이고, 그녀의 길에서는 이틀 빼고 매일 비가 왔다. 내가 걸을 때 길에는 언제나 사람들이 넘쳐났지만, 그녀의 길은 오직 혼자 견뎌내야 하는 인내의 길이었다.

사실 그녀에게 그 길이 고통스러운 이유는 따로 있었다. 그녀는 그곳에서 만난 사랑과 이별을 하고 돌아왔다. 평소 사랑이란 단어를 부끄러워하고, 조금은 냉소적이었던 사람이 사랑의 언저리에 머물다 왔다. 아마 그녀는 눈만 감으면 펼쳐지는 그의 모습이, 그의 촉감이 온몸에 전해졌을 것이다. 갖고 싶지만 가질 수 없어 고통스럽고, 보고 싶지만 볼 수 없어 고통스럽다.

그래. 그녀는 분명 사랑에 머물다 왔다. 사랑에 머물고 싶었지만, 어쩔 수 없는 이별에. 애써 담담히 생각했던 그 이별이 너무 아팠던 것이다. 떠올리기보다 지우는 것이 차라리 덜 고통스러웠을 것이다. 억지로 지우려 했기에 그녀의 삶이 송두리째 흔들려버렸다. 스스로 가장 중요하게 생각했던 가치들이 뒤로 밀리던 순간, 그녀는 중심을 잃고 방황했다. 사랑이었다.

나는 내 삶이 송두리째 흔들릴 만한 이별을 했었던가. 모든 게 와르르 무너지고, 그 감정이 무엇인지조차 가늠할 수 없는 그 감정. 애석하게도 나는 그런 이별의 경험이 없다.

나는 그녀가 부럽다.

꽃피는 삶에 울리다.
2013. 10. 2
EL ACEBO Primer pueblo del Bierzo en el camino
EL CONVENTO DE FONCEBADON
02 OCT 2013
ALBERGUE DE SANTA MARINA
MOLINASECA
LA CASA DE LAS TORRES
HOSTERIA
MOLINASECA (LEON) - CAMINO DE SANTIAGO

엄마의
품

엄마가 고스란히 느꼈을 쓸쓸함이 아려왔다.
어쩌면 엄마는 큰 상처를 받았을 수도 있다고, 이제야 거기에 생각이 닿았다.

여덟 시간을 걷고 나면 피곤할 법도 한데 나는 잠을 깊게 이루지 못하는 편이었다. 매일 똑같이 반복되는 일상이었지만 자는 곳은 매번 달랐다. 조금만 움직여도 삐그덕거리는 이층 침대, 베드벅에 물릴지 모른다는 두려움, 행여 내 물건이 없어질까 하는 불안함, 사람들의 엄청난 코골이를 이기고 잘 수 있을 만큼 나는 피곤하지 않았고, 불안정했다.

이층 침대 두 개가 나란히 붙어 있을 때가 있다. 나는 긴장했다. 몸집이 거대한 외국인 남자가 꼭 내 옆에 지정되어 날을 샌 게 여러 번이기 때문이다. 언젠가 머문 숙소는 성당에서 운영하는 알베르게라 유일하게 남녀의 방이 구별되어 있었다. 내 옆 침대의 주인은 60대의 한국인 어머니셨다. 나는 안도의 한숨을 내쉬며 누웠다. 매번 코를 심하게 골고, 잠버릇이 심한 남자들이 옆에서 자 밤을 샌 적이 많은데, 어머니랑 같이 자게 되어 기쁘다고 말씀드렸다. 그분은 웃으며 내 어깨를 토닥여 주셨다. 마주보고 누운 상태였다.

순간 엄마 생각이 나서 눈물이 왈칵 쏟아졌다. 태어나서 기나긴 시간 동안 이렇게 엄마와 마주보고 잤었는데, 이제는 포옹조차 하지 않는 딸이 된 것이다. 10개월을 품고 있던 핏덩이가 태어나 긴 시간을 꼭 끌어안아 줬는데, 이제 조금 컸다고 안기고 싶을 때만 안긴다. 그러더니 어느새 다 컸다고 내 인생에 참견하지 말라고 한다. 엄마가 고스란히 느꼈을 쓸쓸함이 아려왔다. 어쩌면 엄마는 큰 상처를 받았을 수도 있다고, 이제야 거기에 생각이 닿았다. 따스한 숨결을 내뱉으시는 한국인 아주머니 덕분에, 나는 그날 밤 모처럼 푹 자고 일어날 수 있었다.

papa BERNiE!
HAPPY BIRTHDAY
TO YOU
papa
YEJi
Junior
BERNiE
2013.9.23
아일랜드부자 버니
할아버지랑 걸으면 아무리 힘들어도
다시 걷게된다. 보고싶을거예요.

우린 정말,
단 한 번의 인생을
사는 거잖아

***

아빠와 나이가 같은 캐나다 친구 잭이 말한다.
한 번뿐인 인생. 네가 얼마나 가치 있는 사람이고,
사랑스러운 존재인지 깨닫고 가라고.

구름도, 하늘도, 나무도 모든 게 완벽했다. 사각사각 들리던 바람 소리를, 푸르다 못해 푸르딩딩한 하늘을 오래도록 기억하고 싶다. 오크들이 살 것 같은 나무숲도, 해를 향해 뻗어 있던 해바라기도, 길 위에서 만나는 모든 사람들을. 정말이지 오늘이 무척이나 그리울 듯하다. 기억하고 싶다. 이곳에 있는 친구들을, 이 감정을 오래도록.

"우린 정말,
단 한 번의 인생을 사는 거잖아."

아빠와 나이가 같은 캐나다 친구 잭이 말한다. 한 번뿐인 인생. 네가 얼마나 가치 있는 사람이고, 사랑스러운 존재인지 깨닫고 가라고. 세상에서 가장 중요한 건, 네 존재를 너 스스로 깨닫는 거라고. 너는 참 예쁜 아이라고 말이다.

제주의 바람을
품고 온
그녀

＊＊＊

필요한 누군가가 가져갔겠지.
어쩌면 나보다 더 절실히 필요했기에 그랬을 거야.

몰래 들어온 성당에서 숨죽여 머문다. 스웨터를 입으신 할아버지의 뒷모습이 마냥 귀엽다고만 생각하고 있을 때였다. 끼익, 문소리가 나더니 아는 얼굴이 성당으로 고개를 빼꼼 들이민다. 저번에 만나 인사를 나누었던 제주도 언니다. 그렇게 언니와 하루 동행이 되었다. 서른 살의 나이가 무색했던 언니는 제주도에 살고 있었다. 내가 오늘 아침 해가 너무 늦게 떠 걷기에 무서웠다 말하니, 자신의 동네엔 자기 집밖에 없어 어둠이 익숙하다고 심드렁하게 대꾸한다.

최근에 그녀는 200유로를 잃어버렸다. 게다가 등산 스틱까지. 그 일화를 이야기해주며 마지막으로 이렇게 덧붙인다.

"필요한 누군가가 가져갔겠지.
어쩌면 나보다 더 절실히 필요했기에 그랬을 거야."

그녀의 넉넉한 마음에 놀랐다. 저 여유와 넉넉한 마음은 제주가 준 선물일까. 언니는 포도 농사를 짓고 있는 농부들을 그냥 지나치지 않았다. 천연덕스럽게 한국말로 인사를 하고, 한국말로 이것저것 물어본다. 당연히 알아들을 리 없는 스페인 아저씨들은 스페인어로 답을 한다. 분명 다른 나라의 말들이 오고가고 있는데, 이상하게 의사소통이 되고 있다. 언니 덕분에 포도 한 송이와 눈부신 미소를 선물받았다.

제주의 그녀는, 확실히 남다른 사람이었다. 어쩌면 넉넉한 자연이 그런 그녀를 길러냈을지 모른다고, 그렇게 생각했다.

La Casa
de los
Dioses

때묻은 손으로 직접
따주신 포도는
정말 달고, 맛있었다
말은 통하지 않아도
느낄 수 있다. 감사합니다. 2013. 9. 29

산 중턱의
파라다이스

오랜 시간 거기에서 순례자들을 맞이하고 있는 아저씨의 삶.

문득 그의 삶이 궁금해진다.

산 중턱에서 파라다이스를 만났다. 마을에서 10킬로미터 이상 떨어져 있을 정도로 외딴 곳이었다. 금발 아저씨가 밝게 웃으며 손짓을 한다. 순례길에는 기부금으로 운영되는 작은 노점들이 있다. 그곳에는 순례자들의 목을 축일 수 있는 음료수와 과일, 허기를 달랠 비스킷이 있다. 파라다이스에는 없는 게 없을 정도로 많은 음식이 있었다. 사과 주스 한 잔과 맛없는 비스킷을 먹는다. 내가 먹은 만큼의 돈을 지불하려는데 기부통이 열려 동전들이 와르르 쏟아졌다. 상당한 액수였다. 금발 아저씨를 다급하게 부르니, 아저씨는 하던 일을 계속 하면서 돈이 필요하면 가져가라고 대답한다.

모든 게 다 낡았지만 금발 아저씨는 속세와 이별을 한 듯, 너무나 평온한 표정이었다. 오랜 시간 거기에서 순례자들을 맞이하고 있는 아저씨의 삶. 문득 그의 삶이 궁금해진다. 어떤 연유로 파라다이스를 만들었는지, 어째서 수년을 거기에서 살고 있는지. 밤이 되면 아마 칠흙 같은 어둠 속에서 홀로 사계절을 보낼 텐데, 외롭지는 않은지.

나 말고도 많은 이들이 물어볼 테니 나는 그냥 지나치기로 한다. 듣는다 한들 나는 이해하지 못할 아저씨의 삶이다. 길을 걷다 파라다이스를 만났다. 또 한 번 그렇게, 여유를 배운다.

ALBERGUE
MUNICIPAL DE
PEREGRINOS
CACABELOS
CAMINO DE SANTIAGO
CACABELOS-LEÓN
3-10-2013
EL RELOJ DE NARAYA, S. L. C.I.F. B-24.511.214
MESÓN RELOJ
AVDA. CAMINO DE SANTIAGO, 105 • 24410 CAMPONARAYA, LEÓN
藝智.
너도 보고싶은 사람이 있니.
2013. 10. 3

아빠,
벤또사 마을에 버니 있어요.
그곳에서 멈추세요

＊＊＊

잡념에서 벗어나기 힘든 건 매한가지였다.
어떠한 이유와 목적으로 그 길에 올랐건,
우리는 비슷한 감정과 비슷한 충만함을 느꼈다.

길에서 만나는 뜻밖의 우연들, 뜻밖의 사연들은 나를 미소 짓게 하거나 울게 했다. 길은 인생의 축소판이었다. 그곳에도 삶과 똑같은 고민들이, 인간관계의 괴로움이, 삶의 충만함이, 나태함과 게으름이 있었다. '이래서' 후회하면, 더 좋은 '그래서'가 생기고, 이래서 좋아하면 안 좋은 그래서가 생겼다. 지금은 그게 가장 커 보이지만, 결국은 그것도 하나의 해프닝으로 끝나곤 했다. 어디에, 누구와 있건 잡념에서 벗어나기 힘든 건 매한가지였다. 어떠한 이유와 목적으로 그 길에 올랐건, 우리는 비슷한 감정과 비슷한 충만함을 느꼈다. 그도 그럴 것이, 먹고 자고 걷는 것이 그곳의 전부였다. 우리는 원초적인 생활 속에서 원초적인 행복을 맛보았다. 하루가 다르게 변해가는 이 세상에서, 뭐 하나 쉬운 게 없는 복잡한 도시에서는 쉬이 할 수 없는 그건 어쩌면 평생 잊을 수 없는 경험이었다. 비워보니 알 수 있었다. 행복해지는 것은 참 간단한 일이라는 걸 말이다. 관건은 욕심이었다.

그리고
남겨진 것

* * *

우리는 같은 길을 걸어왔지만, 서로 다른 길을 새기며 걸었고
자신만이 느낄 수 있는 감정과 생각들을 정리하는 중이었다.

피니스테라, 옛 로마인들이 세상의 끝이라고 불렀던 절벽에 앉아 해가 지는 걸 바라본다. 해가 그렇게 빨리 지는 것인 줄 몰랐다. 순식간이었다. 모든 것들은 이렇게 빨리 지나가는구나.

돌아보니 40일간의 여정이 끝나 있었다. 끝나지 않을 것 같던 800킬로미터를 걸어온 것이다. 결국은 산티아고 대성당에 도착했다. 모든 순례자들의 종착지인 산티아고 대성당에 앉아 순례자들의 표정을 살폈다. 누구는 울고 있었고, 누구는 더 없이 행복한 미소를 짓고 있었으며, 누구는 심드렁한 표정이었다. 도착했다는 벅참이 큰 것인지, 더 이상 걸을 길이 없다는 허무함인지, 해냈다는 성취감인지, 자기 자신과 싸워 이겼다는 뿌듯함인지. 어떤 감정인지는 알 수 없었다. 우리는 같은 길을 걸어왔지만, 서로 다른 길을 새기며 걸었고 자신만이 느낄 수 있는 감정과 생각들을 정리하는 중이었다.

무거운 배낭을 지고 흙길을, 아스팔트 위를, 산을, 끊임없이 걷고, 자고, 먹는 삶은 단순했다. 단순한 일들의 반복이었지만,

길을 걷는 건 간단하지 않았다. 그 길은 스스로가 만들어가는 길이었기 때문이다. 우리는 모두 길에서 자기 자신을 만났다.

해가 지고 어느새 어둠이 피니스테라에 내려앉았다. 그곳의 동행자였던 크리스와 절벽을 내려오는데, 빛이라곤 전등의 불빛조차 찾아볼 수 없는 칠흙 같은 어둠이었다. 둥글게 뜬 큰 달만 우리의 그림자를 만들어주고 있었다. 보고 있으면서도 믿기지 않는 장면이었다.

달에 비친 그림자를 따라 걸으며 나는 조금 울었다. 어떤 감정인지 정확히 알 수 없었다. 더이상 걸어갈 길이 없었다. 끝이었다. 순례길을 모두 걸었다는 기쁨과 슬픔, 그리고 이제부터 시작될 진짜 내 길에 대한 두려움, 설렘이 어지럽게 뒤엉켜 있는 밤이었다.

산티아고 순례길의 종착지
<산티아고 대성당>
800km 끝에 마침내
도착했다.
이상한 감정이다
결국 도착했다는 안도감,
기쁨 - 그리고
더 이상 길이 없다는 허무함.
결국 삶은 걸어가는 과정이구나.
진짜 인생은 과정에 있다는
생각은 했다.
모두 - 끝났다.
@artye
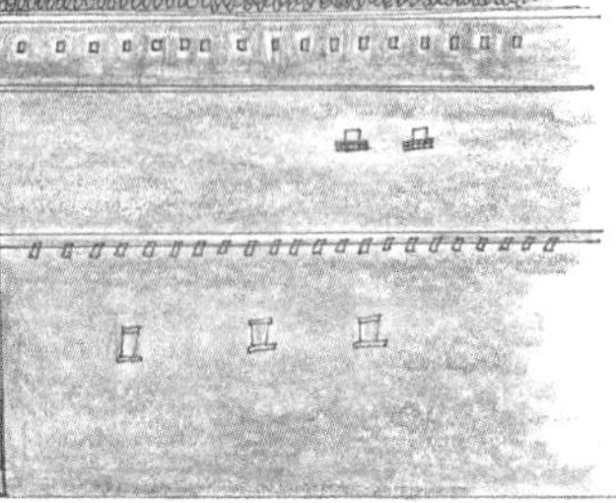

보통날의
죽음

* * *

돌아오는 비행기 안에서 다짐했다.
미래와 과거가 아닌, 지금 여기에 살자.
내일 죽더라도 후회 없는 오늘을 보내자.

J는 산티아고 순례길에 가고 싶어 돈을 모으는 중이었다. 운이 좋게도 나는, 누군가의 도움으로 그 길을 열심히 준비했던 J보다 한 달 정도 일찍 출발했다. 내가 순례길을 마치고 파리로 돌아오는 날, J는 순례길을 시작하기 위해 파리로 들어왔다. 기가 막히게 겹치는 파리에서의 하루였다. J의 배려 덕분에 침낭을 빌려 순례길에 올랐고, 파리에서 만나 그에게 침낭을 돌려줄 참이었다. 나는 휴대폰이 없었기에 SNS에 '에펠탑이 정면으로 보이는 궁 앞에서 여섯 시'라는 메시지를 남긴 채, 그를 만나러 갔다.

그렇게 우리는 에펠탑 앞에서 서로의 존재를 확인하자마자 얼싸 안고 방방 뛰었다. 40일간의 길을 걷고 파리로 온 나는, 모든 게 충만한 상태였다. 40일간의 길을 향해 떠나는 그는, 모든 게 흥분된 상태였다. 나는 고요했고, 그는 떠들썩했다. 그는 내 이야기를 몹시 궁금해했다. 우리는 에펠탑 밑에 자리를 잡고 앉아 몇 시간이나 그 길에 대해 이야기를 나누었다. 사실 그에게 해줄 말은 별로 없었다. 내가 걸었던 길을, 그가 똑같이 걸을 테지만 길의 모습만 같을 뿐 그 안의 이야기는 서로 다르게 쓰일 게 분명하기 때문이었다. 물론 그 안에서 느끼는 원초적인 행복, 의외로 간단한 삶, 잊지 못할 경험이란 큰 범주는 같지만 말이다. 삶과 똑같았다. 같은 공간에 있어도 서로의 삶에 따라 다른 이야기가 쓰이듯이, 그는 분명 나와는 조금 다른 이야기를 만들어올 거라 생각했다.

얼추 내 이야기를 끝내고, 그에게 물었다. 비록 한두 달이긴 하지만, 서울 생활은 잘 마무리 짓고 왔느냐고. 그는 한 친구와의 만남과 아쉬운 이별에 대해, 일에 대해, 하고 있던 활동에 대해 말했다. 그는 소주 역시 잊지 않았다. 에펠탑 밑에서 소주를 마셔보고 싶다는 쓸모없는 내 소원 때문이었다. 짧은 만남이었지만, 나는 그로 인해 아낌없이 내 이야기를 파리에 털어놓을 수 있어 좋았다. 다음 날, 그는 순례길을 시작하기 위해 생장으로 향했고, 나는 한국으로 돌아왔다.

"우리는 오늘 당장 교통사고가 나서 죽을 수도 있어."라고 말하던 사람이 있었다. 동의했지만, 너무 극단적으로 말하는 그의 말이 버겁게 느껴질 때가 많았다. 40일간의 여행을 끝내고 서울에 돌아오자마자 전해진 소식은 J가 덤덤히 이별하고 왔다는 친구의 죽음이었다. 사실 난 그녀와 인사를 나눠본 적이 없다. 그저 함께 같은 곳에서 활동한 게 다였다. 하지만 모두에게 그랬듯, 그녀의 죽음은 너무나 갑작스럽고 슬픈 일이었다. 지극히 평범했던 보통날의 교통사고였다. 같은 시각 파리에서 J와 내가 그녀에 대해 짧은 이야기를 나누고 있을 때, 서울에서 그녀는 세상과 작별하는 중이었다. 귀국하자마자 들은 소식에 나는 너무 놀라 아무 말도 할 수 없었다. 어느 누구도 예상하지 못했던 사고였다.

한국으로 돌아오는 비행기 안에서, 이대로 죽어도 여한이 없다는 철없는 생각을 잠시 했었다. 결국 긴 길 끝에 있는 산티아고 대성당은 죽음을 말하는 듯했다. 기어가든, 걸어가든, 뛰어가든, 교통수단을 이용하든 시간이 흐르면 도착할 수밖에 없는 그곳. 우린 그것을 알고 있음에도 왜 그리 빨리 걸으려고 했는지. 놓쳐버린 바람 소리와 냄새, 아름다운 풍경을 지나치고서야 그곳에 아름다움이 있었구나, 뒤늦게 후회하는 우리들의 삶처럼 말이다.

이따금 나는 오늘 당장 교통사고가 나서 죽을 수도 있어, 하고 스스로에게 말한다. 매일 말하면 삶이 너무 고단해진다. 그렇지 않아도 늘 조급한 삶이다. 하지만 종종 떠올린다. 나는 오늘, 이 지극히도 평범한 이 보통날에 예상치 못한 사고를 당할지 몰라. 이 생각을 떠올리면 신기하게도 삶이 단순해진다. 신기하리만큼 작은 일에도 감사해지는 것이다. 참 간사하다고도 생각한다. 그와 동시에 인사도 나눠본 적 없는 그녀에게 많이 미안하다. 그녀의 사고로 인해 나는 죽음이란 단어를 내 삶으로 바짝 끌어들였고, 이렇게 그녀에 대한 글로 한 페이지를 채우고 있기 때문이다. 어찌할 도리가 없는 죽음 앞에서, 나는 여전히 어찌할 바를 모르겠다. 죽음이 있기에 삶이 아름답다는 말은, 스물여섯 살이 이해하기엔 너무나 어렵다.

돌아오는 비행기 안에서 다짐했다. 미래와 과거가 아닌, 지금 여기에 살자. 내일 죽더라도 후회 없는 오늘을 보내자. 하지만 매일을 그렇게 보내기에는 서울의 생활은 순례길의 생활에서만큼 단순하지 않았고, 나는 벌써 그 다짐을 까먹어버렸다.

H Albergue
Restaurante
A → SANTIAGO
BELORADO
Tel. 947 56 21 64 · Fax 947 56 21 65
Movil 677 81 18 47
Elwira Rudecka.
내 드로잉 노트를
찍는 Elwira
그녀는 나를 art-ye라고 불렀다
그녀는 늘 내 그림을 사진으로 남겨주었다
그리고 그녀는 한국에 돌아가면 꼭 책으로 만들어 달라 했다
그래서 나는 그 약속을 지키기로 했다. 2017. 9. 11

카페 콘레체,
납작 복숭아,
순례자 연인들

* * *

길을 걸으며 내가 참 좋아했던 것들.

순례자 배낭에 매달린 조개껍질, 자전거 순례자의 엉덩이 근육, 오렌지가 잔뜩 들어간 상그리아, 나무와 돌에 그려진 노란 화살표, 냄새 나는 낡은 등산화, 하루도 빼먹지 않고 입은 바람막이 점퍼, 걸어가는 길에서 먹는 얼음 들어간 코카콜라, 아침에 마시는 카페 콘레체, 따끈한 초코 크루아상, 빨래하고 탈탈 털어 널기, 따뜻한 샤워 물, 하얀 쌀밥, 초콜릿맛 과자, 크레덴샬에 꼬박꼬박 모으는 도장, 납작 복숭아, 구운 소시지, 바람 소리, 나무 소리, 배려된 호두 알. 사각사각 나뭇잎 밟는 소리, 나무 냄새, 숲 냄새, 사람들의 미소, 해가 뜨기 전 별 보며 걷기, 길에서 따먹는 포도 알, 길에서 마시는 생맥주 한 잔, 노부부의 뒷모습, 손을 꼭 잡고 걸어가는 순례자 연인들, 내가 그린 그림을 보며 좋아하는 사람들의 모습, 굳이 화장실에 가지 않고 방에서 옷을 갈아입으며 꼭 보여주시는 할아버지들의 쪼글해진 엉덩이, 길에서 다시 만난 사람들과의 포옹, 아무도 없는 길에서 트림하고 방귀 뀌기, 알아 듣지 못해도 자기 할 말만 스페인어로 하시는 할아버지, 문득 만나는 소똥 냄새, 돈을 아끼기 위해 한 끼 굶고 다른 사람들 부러운 눈으로 쳐다보았던 나의 찌질함, 익숙해진 발목과 무릎의 고통, 점점 가벼워지는 배낭의 무게, 자기 전에 꼭 먹었던 핫초코, 갓 짜낸 오렌지 주스.

길을 걸으며 내가 참 좋아했던 것들.

하루를 행복하게
하는 것들.

행복은 아주 작고,
우리 곁에 가까이
있는 거였다.

Zubiri

2013. 9. 11 藝智

AR BEGOÑA

KIOSCO
KIOSKO

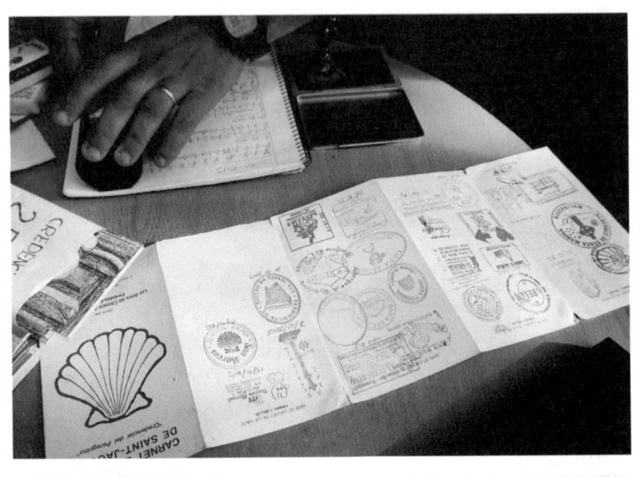

Office DEPOT

DONATIVO
DON SIMON

2부

당근밭과
다섯 가지만
아는 삶

섬

* * *

나를 한 번 더 믿어보기로 했다.

선택에는 옳다 그르다가 이미 정해져 있는 게 아님을,

나는 이미 알고 있었다.

"한국에 돌아가면 무엇을 할까?"라는 질문을 한 것은 한국으로 돌아오는 비행기 안에서였다.

다른 사람들처럼 오랜 시간 준비해서 순례길에 오른 것도 아니었고, 오랜 시간 꿈꿔온 곳에 온 것도 아니었기 때문이다. 예정에 없던, 하늘에서 갑자기 뚝 떨어져버린 티켓 앞에서, 나는 돌아가면 어떻게 살지 생각할 겨를이 없었다. 하루하루 걷고 느끼기에도 버거운 시간들이었다. 알 수 없는 인생 앞에서, 그림 같은 풍경을 두고 돌아갈 계획을 세우기에 나는 작은 사람이었다. 이제는 집으로 돌아가야 할 시간. 그제야 문득, 돌아가면 뭐 하고 살아야 하나 질문을 던져본다.

40일간의 여행, 그리 길지 않은 여행이었다. 그럼에도 불구하고, 나는 처음부터 다시 시작해야 했다. 대기업에 가기 위해 인적성 공부를 했던 40일 전, 답이 없는 고민을 하느라 반은 울면서 선택한 사회적 기업의 인턴 자리. 두 가지 모두 내가 원하는 게 아니었다. 그럼 내가 원하는 건 무엇일까.

모두가 잠든 비행기 안에서, 나는 문득 일상예술가를 떠올렸다. 일상예술가는 오래된 나의 꿈이었다. 직업적인 것에 얽매이지 않는 삶, 글을 쓰고 사진을 찍고 그림을 그리는 사람. 최소한의 밥벌이만 할 수 있는 일상예술가. 일단 카미노 드로잉 노트를 완성해야겠다는 생각이 들었다. 동시에 제주도에 가고 싶었다. 그럼 제주도에서 카미노 드로잉 노트를 완성하면 되겠다는 결론에 다다랐다. 인천국제공항에 도착하기 다섯 시간 전이었다.

가진 돈은 40만 원밖에 없었다. 일을 구해야 했다. 제주시의 한 게스트하우스에서 스태프를 모집하고 있었다. 급여는 없지만 한 달 동안 2인실 침대를 하나 내어주고 밥도 주었다. 여기다 싶었다. 게다가 대부분 외국에서 여행하며 지내다가 제주도에 정착한 30대 주인 언니, 외국인이 즐겨 찾는 게스트하우스였다. 안 될 이유가 없다고 생각했다. 모집 공고가 올라온 지 시간이 꽤 지나 있었고, 불안한 마음에 카미노 포트폴리오를 만들었다. 내가 왜 제주도에 가야 하는지에 대한 이력서를 만든 것이다. 그동안 내가 길에서 받은 과분한 사랑을 이제는 돌려줘야 한다고 적었다. 그 방법은 유일하게 내가 가지고 있는 드로잉 노트와 사진뿐이라고. 서명숙 작가님이 산티아고 순례길을 다녀오고 영감을 받아 제주도 올레길을 만들었듯 이 산티아고와 가장 비슷한 곳은 제주도임을. 그래서 그곳에 꼭 가야 한다고 나를 표현했다. 짧게 쓴 에세이와 반하지 않을 수 없는 산티아고 사진들과 함께.

그 다음 날 답장이 왔다.

"이미 스태프 모집은 끝난 상태다. 하지만 포트폴리오가 인상적이었다. 그래서 예지 씨만 괜찮다면 와도 좋다. 그 대신 스태프방은 모두 찼으니 손님들이 묵는 6인실 침대에서 머물러야 하며, 주 3일 오후 다섯 시에서 열한 시까지 게스트하우스 블로그 관리를 도와줬으면 좋겠다."

산티아고에서 배운 것 한 가지. '와이낫why not'이 필요한 타이밍이었다. 그렇게 나는 제주도로 떠나왔다. 산티아고에서 돌아온 지 일주일도 되지 않아서. 내가 떠난다고 했을 때 엄마는 아무 말 하지 않았으며, 그는 다녀오라고 했다. 내가 좋아하는 친구 역시 "너는 머물기보다 떠나야 하는 사람이야. 잘 다녀와."라고 했다. 친구들은 "역마살이 단단히 들었네, 그거 위험한데."라고 했다. 또 다른 친구는 "점점 예술가가 되어가는 거 같아."라고 했다.

아무렴 어때. 나는 스스로에게 이렇게 말했다. "너는 복이 터졌어." "용기 있네."

나를 한 번 더 믿어보기로 했다. 선택에는 옳다 그르다가 이미 정해져 있는 게 아님을, 나는 이미 알고 있었다. 여행자도 아니고 주인도 아닌 어중이떠중이의 제주도 삶이 시작됐다. 이것은 또 다른 플레이 볼이다.

고래가

될

세상이 그렇기에 어쩔 수 없이 그 흐름에 따라 변하고 있다.
하지만 변하고 있다는 걸 인지한 사람들이 있다면 괜찮다고 생각한다.

"기다리기 너무 힘들지요? 우린 잘한다고 하는데 기다림이 길어져서 미안해요. 바다 보며 힘내고 있으면 우리도 힘낼게요. 유명해져 미안해요. 그러길래 블로그엔 왜들 그렇게 올려 가지고!"

뜬금없는 포인트, 뜬금없는 장소, 뜬금없는 이에게 커다란 위안을 받을 때가 있다. 저 문구를 읽고 심각할 정도로 크게 웃어버렸고, 생각지 못하게 큰 위안을 받아버렸다. 나조차도 왜인지 결코 알 수 없는 웃음 포인트였다.

제주도 월정리의 바다 '고래가 될 카페'는 이제는 식상할 정도로 유명한 카페가 되었다. 유명해질 대로 유명해진 덕에 우후죽순 카페들이 생겨났다. 조용한 바다가 아니라 카페거리가 되었다. 더러는 그래서 월정리를 찾지 않지만, 나는 여전히 월정리를 찾는다. 다행히도 월정리에는 월정리가 변했다는 걸 인지한 사람들이 있다. 변해가는 월정리를 지키려고 하는 사람들이 있는 것이다. 돈이 되는 바다이기에, 세상이 그렇기에 어쩔 수 없이 그 흐름에 따라 변하고 있다. 하지만 변하고 있다는 걸 인지한 사람들이 있다면 괜찮다고 생각한다.

고래가 될 카페는 아무리 장사가 잘 되어도 지구를 위해 테이크아웃 컵을 사용하지 않는다. 아무리 장사가 잘 되고 바빠도 '니들이 블로그에 올렸으니까 바다 보면서 기다리라'고 하는 고래가 될 카페가 여전히 그곳을 지키고 있다. 조인성이 와도 테이크아웃은 안 된다고 거절하는 여유 있는 그곳이 좋다. 안심이 된다. 적어도 그런 곳이 그 바다의 중심에 있다면, 그렇다면, 다시 그 시절로 되돌아갈 희망이 있는 거니까.

그들에게
숨은 이야기

제주도에 머무는 동안, 그 어떤 틀에도 얽매이지 않기로 한다.
변화무쌍한 이 섬에서 나는 그 점을 배워가고 싶다.

곽지해변으로 오기 위해 제주 시외버스 터미널에서 버스를 기다릴 때였다. 돈을 구걸하는 아저씨를 지나치며, 한 엄마는 아이의 손을 잡고 이렇게 말했다.

"저 아저씨는 게으른 사람이야.
너도 공부 안 하면 저렇게 돼."

충격이었다. 버스를 타는 내내 그 말을 곱씹어본다. 게을러서일 수도 있겠지. 하지만 나는 그 아저씨가 사회의 사각지대로 몰릴 수밖에 없었던 사회 구조를 떠올려본다. 바다를 거닐면서도 그 말이 머릿속을 떠나질 않는다. 근처 식당에서 점심을 먹었다. 작은 아이는 식당 마당에 있는 자기만한 작은 강아지들에게 밥을 주고 싶어 했다. 강아지를 처음 봐서 신기하냐는 할머니의 물음에 대답도 하지 않은 채, 움직이는 작은 생명을 쓰다듬고 있는 아이를 본다. 지금 저 아이는 세상에 존재하는 모든 경우의 일부를 맞이하는 중이다. 그 아주머니가 아들에게 했던 말은 폭력적이었다.

여전히 강아지에게 눈을 떼지 못하는 작은 아이를 바라보며 생각한다. 세상에는 정말 많은 경우들이 있다는 걸 인지한 어른이 되고 싶다고. 제주도에 머무는 동안, 그 어떤 틀에도 얽매이지 않기로 한다. 변화무쌍한 이 섬에서 나는 그 점을 배워가고 싶다.

많은 생각이 교차하던 제주의 첫날, 그러거나 말거나 작은 강아지들은 여유롭기만 하다.

괜찮다.
진심이었으니까

* * *

스쳐가는 인연들이 있다. 옷깃만 스칠 뿐이어도,
정을 주고 싶은 사람에겐 마음껏 정을 주었다.

게스트하우스에서 오래 묵다 보니 스쳐가는 인연들을 많이 만났다. 여행이 주는 낯섦과 이름 모를 흥분 때문일까. 일상에서는 아무렇지도 않던 것들이 모두 새롭게 느껴질 때가 있다. 여행지에서 만나는 사람 역시 그랬다. 툭 내뱉은 말이나 행동에 순간적으로 마음의 파장이 이어지는 사람을 만나면, 친한 친구에게조차 하지 못했던 이야기까지 술술 나오곤 한다. 생전 모르던 사람이었음에도 불구하고 말이다.

나 역시 그랬고, 잠시 머무는 게스트들 역시 그랬다. 여행을 하러 온 건지, 술을 마시러 온 건지 구분이 안 갈 정도로 못다 한 이야기들로 밤을 새던 그 숱한 날들. 영원한 친구가 될 것처럼 꼭 붙어 다니기도 했다. 술을 마실 때는 죽마고우지만, 술이 깬 다음 날 아침 서먹서먹 부끄러운 사이가 되기도 한다. 일상으로 돌아가도 연락을 하자 약속하지만, 제일 먼저 잊히는 인연이었다. 함께 생활하고 있던 언니들이 제주에 처음 온 내게 가장 먼저 했던 말은 게스트들에게 쉽게 정을 주지 마라였다. 맞는 말이었다. 두 달을 넘게 머물다 보니 언니들이 왜 그런 말을 했는지 이해되었고, 그런 관계들에 차츰 익숙해졌다. 그럼에도 나는 서울 가서 꼭 보자고 말하면, 그러자고 대답한다. 네가 좋다고 팔짱을 껴오면 기꺼이 팔을 내준다. 그 순간에는 모두가 진심이었다. 그럼 됐다고 생각했다. 거짓이어도, 그럴 수 있다. 여기는 제주도니까. 우리는 모두 여행자니까. 제주도의 바다는 너무 푸르니까 말이다.

스쳐가는 인연들이 있다. 옷깃만 스칠 뿐이어도, 정을 주고 싶은 사람에겐 마음껏 정을 주었다. 스쳐가는 인연들이기에, 그 정이 되돌아오지 않는다 한들 괜찮았다. 다행이었다. "나는 그 순간 진심이었으니까, 괜찮다." 모두 제주가 준 마음의 여유였다.

피가 뜨겁지 않아도,
청춘인 그대들

* * *

때로는 가벼워도 좋다고 생각한다.
때로는 말 같은 거 하지 않아도 좋다고 생각한다.
때로는 말이야.

그립다. 보고 싶다. 그 시간이 조금은 그립다. 우리는 달라도 너무 다르다. 가치관도 다르고, 살아온 방식도, 경험도, 취향도, 그 어느 것에도 공통분모가 없다. 그래서 사실 서로의 이야기를 잘 하지 않는다. 그럼에도 불구하고 보고 싶다. 친구라고 해서 꼭 비밀을 다 말할 필요는 없으니까, 친구라고 해서 꼭 같은 가치관을 가지고 있지 않아도 되니까, 친구라고 해서 꼭 비슷할 필요는 없으니까. 그냥 정말 다른 우리가 모여 기타를 치고, 기타와 음악을 모르는 나는 그저 너희들을 사진에 담고, 시답잖은 농담을 하고, 야한 이야기를 하고. 섞이지 않는 것들이 모여 둥둥 떠다닌다 해도 그냥 공존했던 그 시간들.

때로는 가벼워도 좋다고 생각한다. 때로는 말 같은 거 하지 않아도 좋다고 생각한다. 때로는 말이야. 청춘이란 단어를 생각나게 하는 그때의 제주, 그때의 당신들. 우리에게 또 그런 시간이 올까. 조금 더 신나게 놀걸. 조금 더 가벼워질걸, 하고 후회한다. 그래도 그때의 기억이 있어 참 좋다.

그림을 그리고, 기타를 치고, 빈티지에 관심이 많은, 그러나 아직 빛을 발하지 못해 답답한 그 청년도. 낮에는 개발자이자 밤에는 기타리스트 근육맨인 그 청년도(얼른 사랑하길). 회사의 노예라고 불평하지만 차곡차곡 결혼자금을 모으고 있는 그 처녀도. 여전히 취업하지 못하고 어중이떠중이 여행자로 정착하지 못하는 그 처녀도. 우리는 그럼에도 불구하고. 빛나는 청춘이니까. 아프니까 청춘이 아니다.

모두에게 건투를 빈다.

한라산,
가을

* * *

2013년의 가을은,
사랑했던 그리고 사랑하는 사람과의 가을이 아니라
온전한 나의 가을이다.

삼청동에서였다. 첫사랑이었던 그는 할 말이 있어 보였다. 바스락바스락 소리를 내며 낙엽을 밟고 있을 때 돌연 "나 어학연수 가."라는 말을 내뱉었다. 학교에서 4박 5일간 중국연수를 다녀오면서 그는 이미 여권과 수속을 마친 상태였다. 노란 가로등 길에서 배신감을 느꼈다. 나는 많이 울었고, 그는 아무 말이 없었다. 그는 많이 미안해했지만, 그걸 이해하기에 나는 너무 어린 나이었다. 그가 날 두고 어학연수를 가는 것은 곧 나를 사랑하지 않는 것과 같다고 생각했다. 처음으로 함께 맞이했던 가을의 계절에서 그는 그렇게 이별을 고한 셈이었다.

그의 어학연수 준비로 함께 가을을 보내지 못했고, 그다음 해 가을 역시 난 홀로 보내야 했다. 그래서일까. 첫사랑의 기억에 가을은 없다. 우리는 새파란 잎이 빨간빛으로 물드는 시절에 단 한 번도 함께한 적이 없었다. 그러고 보니 그와 나에게는 여름과 겨울뿐이다. 역시나 극단적이고, 그래서 역시나 우리는 헤어질 수밖에 없었던 모양이다.

두 번째 사랑, 너와 내가 처음 만난 건 여름이 끝나갈 무렵이었다. 우리가 함께 처음 맞이한 계절은 가을이었다. 이제 막 사랑을 시작한 연인에게 가을은 이름만으로도 가슴이 두근거리는 계절이다. 나는 난생처음으로 사랑하는 사람과 가을을 맞이했다. 우린 자주 손을 잡고 길을 걸었다. 나무들이 각각의 색을 찬란히 뽐내고 있을 시기, 효창공원을 걸었다. 수북이 쌓여 있는 낙엽을 밟았다. 낙엽을 하나 집어 사진을 찍고 놀았다. 굳이 다른 말을 하지 않아도, 그 어떤 스킨십 없이도 가을이 주는 감성은 우리를 하나로 만들었다. 단풍나무를 보던 그 순간, 달달한 와플과 조금 썼던 커피는 '가을' 하면 떠오르는 기억이다.

2010년의 가을, 2011년의 가을, 2012년의 가을을 지나 맞은 2013년의 가을. 나는 홀로 제주에 머물고 있었다. 2013년의 가을은, 사랑했던 그리고 사랑하는 사람과의 가을이 아니라 온전한 나의 가을이다. 내년 가을에 떠올릴 올해의 가을은 '우리의 가을'이 아닌 '나의 가을'이 되길.

한라산에 올라야겠다. 한라산에 올라 단풍을 보며 '나의 가을'을 만들어야겠다.

달이
머무는 밤

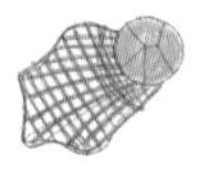

❀ ❀ ❀

다행이었다.

친구가 있어 밤바다를 처음으로 갈 수 있었고,

친구가 옆에 있어 지금의 감정을 잠시나마 잊을 수 있었으니 말이다.

그런 날이 있다. 옆에 누구라도 있었으면 하는, 그런 날이 말이다. 특히 동성의 친구보다 이성의 친구가 위안을 주는 날, 그런 날이었다. 이별한 지 얼마 되지 않은 나날들이었다. 여전히 마침표는커녕 쉼표조차 찍지 못해 흔들릴 때였다.

때마침 오래전부터 알고 지낸 '남자인' 친구가 제주도에 찾아왔고, 우리는 해질 무렵 월정리에 갔다. "너는 참 괜찮은 아이지만, 내 여자 친구는 아니었으면 좋겠다."라는 이상한 말을 들었고, 신기하게도 그게 처음 듣는 말은 아니었다. 사실 나도 정말이지 네 애인하기 싫다고 반박하고 싶었지만, 발끈하기도 아까워 웃어버렸다.

친구와 찾은 월정리의 카페에 무지개가 그려져 있다. 문득 나를 하얀 도화지라고 말했던 네 말이 생각났다. 너는 하얀 도화지에 무지개를 그려 넣고 싶다 했다. 너는 그리지 못했다.

다행이었다. 친구가 있어 밤바다를 처음으로 갈 수 있었고, 친구가 옆에 있어 지금의 감정을 잠시나마 잊을 수 있었으니까 말이다. 어느덧, 오래된 추억이 되어버렸다. 월정리의 밤. 달이 머무는 곳. 달이 머무는 밤이었다.

눈 감고
떠올리기

제주에 살며 내가 참 좋아했던 것들.

찐한 우도의 바다, 옅은 하늘색의 세화리 바다, 찐한 하늘색의 월정리 바다, 에메랄드 빛의 협재 바다, 하얀 백사장, 구좌읍 하도리에 있는 당근밭, 주황색 당근 말고 당근의 기나긴 초록색 긴 뿌리, 집집마다 있는 돌담, 물질하는 해녀 할머니들, 알아들을 수 없는 제주도 사투리, 길에서 몰래 따먹는 귤 서리, 정체를 알 수 없는 게스트하우스 손님들, 제주 은갈치만의 통통함, 한 달에 한 번 열리는 벨롱 시장, 용기, 균형이란 단어가 새겨진 어느 초등학교의 비석, 순희식당의 소소한 반찬들, 카페 태희의 피시앤칩스, 고래가 될 카페의 단단함, 고래가 될 카페의 작은 창으로 행복해하는 사람들의 모습, 모래사장에서 뛰어노는 아이들의 모습, 찬타앤제이 게스트하우스에서 마시는 커피, 응?식당의 모든 메뉴들, 자카와 호야의 욕지거리, 올레길의 구불구불한 길, 정말 무슨 사단이 날 것 같은 숲속 길, 반은 비가 내리고 반은 해가 쨍쨍인 제주의 하늘, 해안도로를 따라 운행되는 제주도 시외버스, 시외버스 아저씨들의 안전띠 매세요, 제주도

맛집들의 그리 맛있지 않은 밥들, 김에 싸 먹는 고등어회, 구좌읍 간판 없는 구멍가게, 그 가게의 할머니, 다행히 제주에 있을 때 바람나서 도망간 전 남자친구, 투명하고 맑은 한라산 소주, 단풍으로 뒤덮인 한라산, 눈으로 뒤덮인 한라산.

제주에 살며 내가 참 좋아했던 것들.

당근밭과
다섯 가지만
아는 삶

***

많은 생각이 교차했다.
그래, 어쩌면 우리는 정말 모르기 때문에
따라 뛰고, 속는 삶을 살고 있는 게 아닐까.

초록색 줄기를 가진 이름 모를 채소밭이 지천에 널렸다. 저게 뭘까 궁금해 아주머니께 물어보는데, 당근이란다. 아주머니는 땅에서 당근을 쑥 뽑더니 맛보라고 주신다. 엄청난 길이의 줄기를 가진 당근을 보며 나는 박장대소를 했다. 나는 정말 모르는 게 많구나, 싶었다.

머물고 있는 게스트하우스가 따분해 다른 게스트하우스에 놀러 가는 길에 만난 당근밭이었다. 같이 방을 쓰게 된 친구는 막 수능을 보고 제주도에 놀러온 친구였다. 삼수라 했다. 수고했다고 말하기에는 그 긴 시간이 아득해 아무 말도 건네지 못했다. 지원하고 싶은 과가 있냐고 했더니 아무 생각이 없다 대답한다. 그럼 어떤 연유로 삼수까지 오게 된 거냐 하고 물었더니, 그것도 모르겠다고 한다. 대학 이야기를 물어보길래 "나는 한 학기에 400만 원씩 9학기를 지낸 경영학과 학생이지만, 지금은 그림을 그리고 글을 쓰는 백수다."라고 말했다. 갚아야 할 학자금 대출이 2000만 원이고, 경영학과와는 전혀 무관한 삶을 살고 있다고. 조심스레 모두가 꼭 대학을 가야 하는 건지 잘 모르겠다고도 덧붙였다. 그녀는 말했다. 자신도 그 말에 동의하긴 하지만, 하고 싶은 것도 없고 딱히 할 일도 없는데 대학까지 안 가면 어떻게 사느냐고 물었다. 정말 잘 모르기 때문에 여기까지 왔노라고. 나는 더 이상 대답할 말이 없었다.

많은 생각이 교차했다. 그래, 어쩌면 우리는 정말 모르기 때문에 따라 뛰고, 속는 삶을 살고 있는 게 아닐까. 수십 년을 1번부터 5번이 적힌 번호에서 하나를 고르면서 살아왔는데, 6번, 7번, 8번이 있다는 것을 모르는 게 당연하다고. 번호를 붙이지 않아도 되는 삶인데, 정답이 하나만 있는 건 아닌데. 다섯 가지 안에서 살아왔으니 다섯 가지만 아는 삶이 된 것이다.

그 친구에게 오늘 본 당근 이야기를 해주고 싶었지만 '내가 살아보니 이렇더라.'라는 말이 될 것 같아 그만 입을 닫았다. 결국 그 역시도 내 경험치일 뿐이라고.

그래도 솔직하게 내 이야기를 해줄 걸 그랬다. 그러면 그녀에게 또 하나의 보기가 될 수도 있었는데, 그럼 그녀에게 여섯 가지 보기가 생기는 건데 말이다.

당근 밭과 다섯가지만 아는 삶.

우리 모두
각자의
생김대로 산다

* * *

추운 이유는 그저 겨울이 오고 있기 때문일 거라고
나는 생각한다.

문득 신기하다고 생각한다. 그래서 사람에게는 저마다의 고유한 영역이 분명 존재한다. 누구에게나 이해하지 못할 혹은 이해받지 못할, 아니 굳이 이해할 필요가 없는 저마다의 색과 향이 있다. 저마다 자신만의 색과 향으로 자신을 채우기 위해 무던히 노력하고 있다. 그래서 유달리 자기만의 색을 내는 게스트들이 모여 있는 지금, 여기 게스트하우스는 따뜻하지만 이따금 차갑고, 소란하지만 적막하다.

추운 이유는 그저 겨울이
오고 있기 때문일 거라고 나는 생각한다.

2013년 가을

소원 팔찌

***

이따금 삶에 지쳐 있을 때,
나 혼자 몰래 꺼내볼 수 있는 기억을 만들어줘서 고맙다고,
인사를 전하고 싶다.

게스트하우스에 손님 한 분이 일찍 오셨다. 낯을 가리는 다른 손님들과 달리 조심스럽게, 하지만 살갑게 인사를 건넨다. "스태프가 총 몇 명이에요?"라고 물은 뒤 정원에서 팔찌를 만든다. 그녀는 조금 뚱뚱한 체격이었는데, 살가웠고 여성스러웠다. 게스트하우스에서 가장 여유로운 시간, 해가 지기 전 팔찌가 완성되었다. 손목에 걸어준다. 처음 차본다. 팔찌가 끊어지면 소원이 이루어진다고 했다. 팔찌를 손에 꼭 쥐며 소원을 빌었다. 그를 다시 만나게 해줘.

사랑에 빠져서가 아니다. 그때 고마웠다고, 몸도 정신도 다 죽어 있을 때 네가 내게 건넨 오렌지와 초콜릿은 다친 마음을 감싸주었다고, 모두 다 내 이야기를 이해하지 못하고 공감하지 못할 때, 파란 눈동자를 가졌음에도 이야기를 들어주고 그 누구보다 더 깊게 공감해줘서 고맙다고, 영어를 개떡같이 말해도 찰떡같이 알아들어줘서 고맙다고, 내가 왜 그 길에 있는지, 왜 그분이 내게 티켓을 주셨는지 네 덕분에 알게 되었다고, 그래서 너와 잠시 걸었던 '결국 끈으로 묶어놓으니 가지가 붙어버린 그 나무'를 여전히 기억한다고, 이따금 삶에 지쳐 있을 때, 나 혼자 몰래 꺼내볼 수 있는 기억을 만들어줘서 고맙다고, 인사를 전하고 싶다. 메일로 전하기에는 너무 안타까우니……. 정말이지 내일 만날 것처럼 가볍게 작별 인사를 했으니까. 한 번쯤은 다시 만나, 진심 어린 내 마음을 고백할 수 있었으면 좋겠다고 소원을 빌었다.

팔찌가 끊어지면 정말 소원이 이루어질까.

그랬으면 좋겠다.

택배

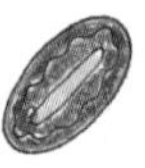

* * *

나도 엄마가 되면 그 마음을 조금이라도 헤아릴 수 있을까.

그 마음을 알 때까지, 건강하셨으면 좋겠다.

멋대로 산티아고에 간다고 카드 값을 100만 원이나 나오게 한 딸이 뭐가 그리 예쁜지(물론 이모에게 받은 졸업 자금을 드렸지만) 가서도 돈 없다니까 맛있는 거 사먹으라며 돈을 보내주고, 또 서울에 오자마자 제주도에 가겠다며 집을 나온 딸내미가 뭐가 예쁘다고 택배를 부쳤는지 모르겠다.

스물다섯 살. 다른 딸내미들은 모두 취업 준비에 한창일 때 "일단 다녀올게."라고 불쑥 떠나온 딸이 뭐가 예쁘다고, 손수 손질한 소 곱창에 난생 처음 만들어봤다는 잡채(뭐든지 큼직하게 썰어 넣어 푹 끓이는 엄마에게 채소를 잘게 자르고 볶는 일은 세상에서 가장 귀찮은 일이었다.)와 닭개장, 고구마, 삼촌이 사온 오징어까지 바리바리 넣어 택배를 부쳤는지 모르겠다.

엄마는 이혼한 자신의 삶에 대해 한평생을 미안해하시며 사시지만, 세상에서 우리 엄마만큼 딸이 하고 싶다는 대로 다 하게 내버려두는 멋진 엄마는 또 없다는 걸 엄마는 알까. 몇 번이나 말해도 여전히 모르신다. 그게 엄마인가 보다. 나도 엄마가 되면 그 마음을 조금이라도 헤아릴 수 있을까.

그 마음을 알 때까지, 건강하셨으면 좋겠다. 엄마에게 편지를 써야겠다. 그 마음을 아는지 모르는지 우리 송 여사님은 오늘도 음주 중이시다. 모르거나 말거나 술은 조금만 드세요 엄마. 그리고 사랑해요.

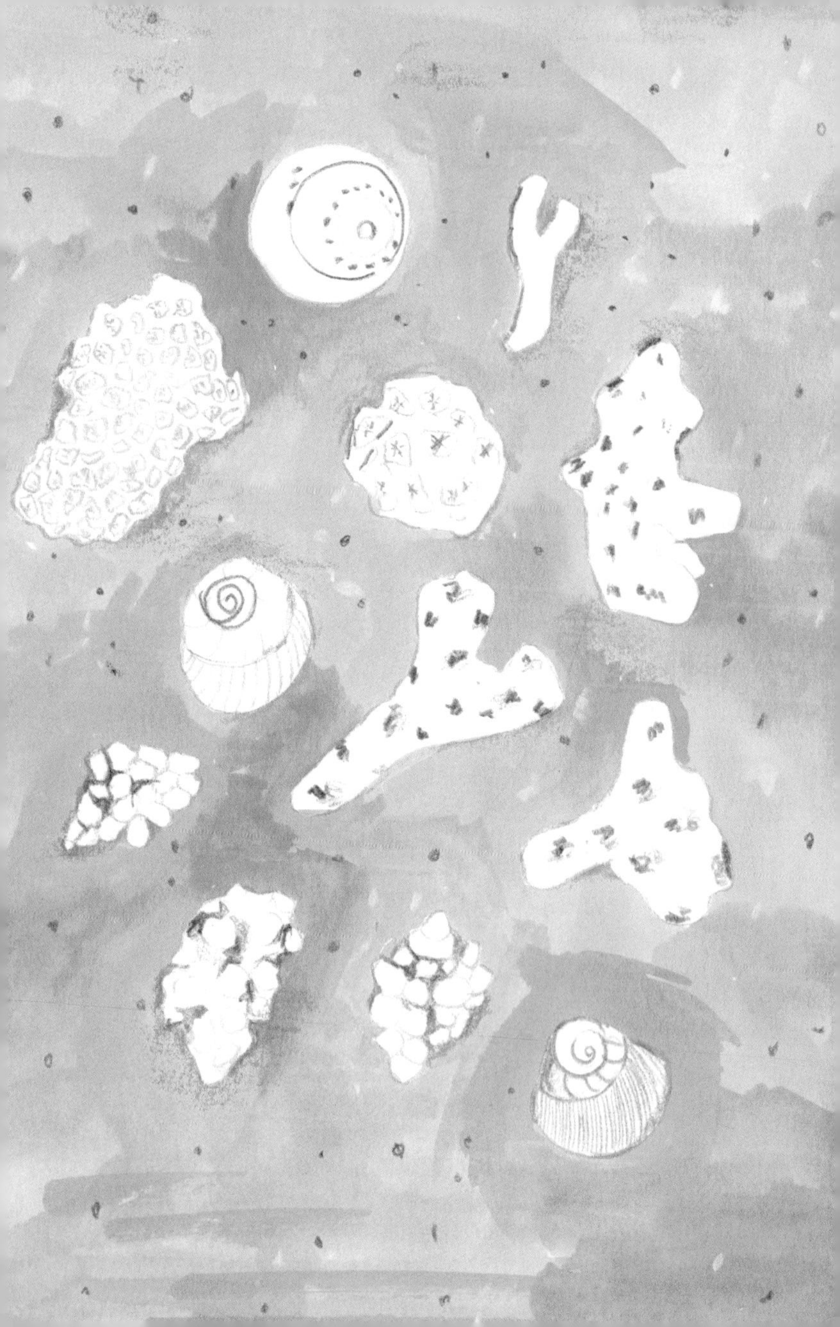

응?

＊＊＊

가끔 그곳이 몹시 그립다.

삶이란 이래서 저래야 하고, 식당은 그래서 요래야 하고,

손님은 왕이란 세상 사람들의 말을 철저히 무시하는 그곳이 말이다.

제주의 구좌읍 하도리에는 재미있는 식당이 있다. 식당의 이름마저 재밌다. "응?" 왜 응?이냐고 물어봤으나 별다른 이유는 없었다. 별다른 이유 없이 인생을 재미있게 살고 있는 두 청년, 자카와 호야의 식당이다. 하는 말마다 욕설이 난무하고, 너는 어떤 체위를 좋아하냐가 가장 기본적인 인사말인 응?은 그래서 특별하다. 감출 것도, 내숭 부릴 것도 없다. 솔직이라면 빠지지 않는 내가 그들과 친해진 것은, 그런 이유에서였다.

응? 식당에는 메뉴판이 없다. 지불하는 가격에 따라 음식이 마음대로 준비된다. 마음대로라고는 하지만, 손님이 무엇을 좋아하는지 꼼꼼히 묻는다. 주방장이나 식당이 운영되는 방침이나 제주와 똑 닮아 있었다. 음식의 재료는 모두 제주에서 뿌리 내리고, 거둔 것들이었다.

매일 정해진 메뉴에서 선택을 하고, 넌 이거 먹고 난 이거 먹는 계산이 필요했는데, 선택할 메뉴가 없으니 그리 편할 수가 없었다. 인생에서 짊어지고 있는 한 뭉텅이의 짐을 내려놓는 기분이었다. 맛도 기똥찼다. 식탁 위에 오르는 것은 재료의 특성이 고스란히 드러난 음식과 더불어 삶에 대한 솔직함이었다. 살면서 이토록 야한 이야기를 하며 밥을 먹은 적이 있었나 싶을 정도로 그곳은 무규칙 이종격투기 링에 오른 기분이 들곤 했다. 마음을 놓는 순간 여기저기서 펀치가 날아왔다.

가벼울 수 있는 이야기였지만, 그건 세상이 정해놓은 가볍다는 정의일 뿐 결코 가볍지 않은 삶에 대한 진솔한 이야기들이었다. 살면서 처음 본 사람에게 그토록 많은 욕을 들어본 적도 처음이었다. 전 재산 40만 원의 반을 그곳에 쏟아부을 정도로 나는 웅?을 자주 찾았다. 꾸밀 것도, 걸칠 것도 없는 맨몸의 그곳은 세상에 꼭 존재해야 할 식당 같았다.

가끔 그곳이 몹시 그립다. 삶이란 이래서 저래야 하고, 식당이란 그래서 요래야 하고, 손님은 왕이란 세상 사람들의 말을 철저히 무시하는 그곳이 말이다. 안타깝게도 웅?은 잠시 문을 닫은 상태다.

여전히 그곳에 가면 “씨발, 인생 뭐 있어. 다 좆 까라 그래.”라고 말하는 자카가 호야가 있을 것만 같다. 잠시 사라져버린, 혹은 영원히 사라질 수 있는 그곳을 이렇게 지구와 나에게 기록해본다. 그러니 반드시 제주로 다시 돌아가 식당 문을 열길, 바라본다.

간판 없는
구멍가게

❀ ❀ ❀

이토록 감성적인 애가
25년을 도시에서 사느라 고생이 많았다고 나를 다독여본다.
오늘도 할머니의 계산은 더디기만 하다.

유달리 하도리 마을을 자주 찾았던 이유 중 하나는, 간판도 없는 그 작은 구멍가게 때문이었다. 백발의 할머니는 언제나 내가 산 물건들의 가격을 알려주면서 머릿속으로 셈을 하셨다. 마루에 앉아 천천히 하나하나 곱씹으며 열심히 계산을 하시는 할머니의 모습이 좋았다.

서울에서 태어나 서울에서 자란 서울 촌년인 나는 그곳에서, 경험하지 못한 세계에 대한 호기심과 경이로움을 느끼곤 했다. 바코드 소리가 나며 저절로 가격이 계산되고, 가격을 물어보지도 않은 채 카드를 내미는 편의점과는 확실히 다른 것이다. 무슨 물건을 샀는지 살펴보게 되고, 구입하는 이 물건의 가격은 얼마인지, 그래서 내가 지불해야 하는 돈은 얼마이며 받아야 하는 돈은 얼마인지 꼼꼼히 살펴본다.

더디지만 주인 할머니도 나도 그 시간이 아깝지 않았다. 할머니의 속도에 따라 천천히 셈을 하다 보면, 이내 그 셈이 끝났을 때 옅은 미소가 번지는 할머니의 모습도 볼 수 있었다.

어느 날은, 그 미소에 괜히 울컥하기도 했었다.

그런 나를 보며, 어쩌면 이것은 제주가 아닌 곳에서도 경험할 수 있는 흔한 일일 텐데, 과하게 감상적인 것은 아닐까 생각하기도 했다. 내가 과하게 감성적인 것도 맞는데, 그 작은 미소에도 눈물이 번질 만큼 나는 메마른 도시에서 메마르게 살아온 인간이었구나, 고개를 끄덕인다. 이토록 감성적인 애가 25년을 도시에서 사느라 고생이 많았다고 나를 다독여본다. 오늘도 할머니의 계산은 더디기만 하다.

더딘 그 시간 속에 오래 머물고 싶다.

찬타앤제이

❀ ❀ ❀

이름처럼 자라고 있는 호난과 산아를 보며,

나는 어떤 삶을 살아가고 싶은지에 대해 많은 질문을 던져본다.

찬타와 제이, 호난과 산아가 사는 찬타앤제이라는 게스트하우스가 있다. 중국을 시작으로 티베트, 네팔, 인도, 파키스탄, 등 2년 여간 여행을 돌고 온 찬타와 제이가 14년이 흘러 이제는 두 아이의 엄마, 아빠로서 제주에서 두 번째 여행을 시작한 것이다. 그 가족은 응?식당 주방장 자카와 호야의 가족 같은 이웃이었다.

우연한 기회에 놀러간 게스트하우스에서 나는 또 울고 말았다. 돌담길을 따라 들어가면 작지만 알맞은 마당이 나오고, 그곳엔 아이들이 천진난만하게 뛰어놀고 있었다. 찬타는 견과류를 볶거나 귤잼을 만들고 있었고, 제이는 항상 목장갑을 끼고 뭔가를 만들고 있었다. 역시나 층간 소음으로 이웃에게 칼을 들이대기도 하는 아파트 세상에서만 살아온 내게는 아름다운 풍경이었다.

아이들이 어떤 놀이를 하면서 뛰어놀건 어른들은 사랑스러운 눈빛으로 바라보았다. 위험한 상황이 아닌 이상, 별다른 제

재는 없었다. 마당과 단층의 집은 아이들에게 풍성하고 넉넉했다.

이모 예쁘지 않느냐는 물음에 귓속말로 조용히 못생겼다, 하고 대답하는 솔직한 아이들이었다. 나는 그곳에 자주 갔다. 작은 카페가 있는 테이블에 앉아 그림을 그리거나, 찬타와 제이가 전 세계를 돌아다니며 찍은 사진을 구경하며 상상을 했다. 훗날, 이곳에서 결혼을 하고 싶다. 방이 네 개 있는 게스트하우스를 통째로 빌려, 마당에서 작지만 알맞은 결혼식을 올리는 거다. 아빠와 시아빠는 카페에 앉아 늦은 밤까지 소주를 기울일 테고, 엄마들은 마루에 앉아 어색한 대화를 나눌지 모르겠다. 이모들과 소수의 친구들은 축의금 대신 비행기 티켓을 스스로 끊었으면 좋겠다고, 이기적으로 생각해보기도 했다.

이효리의 제주도 결혼식은 많은 이들에게 로망이 되었다. 나는 그녀의 결혼식이 가능했던 경제적인 면보다, 두 사람이 원하는 주체적인 결혼식을 했다는 것에 감동받았다. 물론 돈이 있고, 제주에 큰 집이 있어 가능했던 결혼식일 수 있다. 나는 돈도 없고, 제주에 집도 없으니 그런 결혼식을 올릴 수는 없다. 똑같이 따라 하려고만 하지 않으면 문제될 일이 없다. 많은 친구들을 초대하지도 못하고, 유명한 주방장을 모시지도 못하고, 메이크업 역시 내 손으로 해야 한다. 하지만 나는 내가 가장 사랑하는 제주도에서, 내가 살고 싶은 모습으로 살고 있는 찬타앤제이 게스트하우스에서 작은 결혼식을 올리고 싶은 것이다.

나는 찬타와 제이, 그리고 호난과 산아에게 나중에 통째로 예약하겠다는 편지를 쓰고 제주를 떠나왔다. 그러니 제주에 오래 머물러달라고 말이다. 더불어 엄마에게도 엄마는 돌려받을 축의금이 없으니 그렇게 주말마다 결혼식에 다니지 않아도 된다고 귀띔을 해놓았다.

하늘 호, 따뜻할 난. 뫼 산, 맑을 아. 이름처럼 자라고 있는 호난과 산아를 보며, 나는 어떤 삶을 살아가고 싶은지에 대해 많은 질문을 던져본다. 그건 모두 아이들에게 그런 이름을 지어주고, 돈과 욕심 사이에서 적당히 고민하며 자신들만의 삶을 꾸려가고 있는 찬타앤제이 덕분이다. 제주에서 이곳을 만난 건, 크나큰 행운이었다.

여기 날씨가
원래 그래

***

정해져 있는 건 아무것도 없으니
그렇게 슬퍼하지도 그렇게 걱정하지 않아도 된다고 말하는 것 같아 좋다.
제주도는 날씨마저 내게 위안이다.

메시지가 왔다. 나는 돌아왔는데, 친구는 그곳에 머물고 있는 중이란다. 우도 게스트하우스에 있다고 했다. 부러웠다.

섬 안의 섬은 어떤 이야기를 지니고 있을까 궁금하다. 정신력이 강하지 않다면 꽤 힘들 수도 있다는 생각을 해본다. 그곳은 정말 고요한 동네다. 그녀가 투덜댄다. 자신이 도착한 뒤로 날씨가 좋지 않다고 말이다. 나는 말했다. 제주도 날씨가 원래 그래.

그래서 나는 제주도가 좋다. 제주도는 날씨에 따라, 아니 시간에 따라 계속 변한다. 같은 하늘, 같은 시야의 하늘에서도 반은 햇빛이 쨍쨍하고, 반은 먹구름이 잔뜩이다. 한 치 앞도 내다볼 수 없는 게 인생이라고, 알 수 없는 게 인생이라고 말하는 것 같아 좋다. 정해져 있는 건 아무것도 없으니 그렇게 슬퍼하지도 그렇게 걱정하지 않아도 된다고 말하는 것 같아 좋다. 제주도는 날씨마저 내게 위안이다. 늘 제멋대로인 나를 닮아서 좋다.

고층 건물이 없으니 시야에 가려지는 게 없다. 내 눈, 내 마음 역시 그 어떤 건물에도 가려지지 않은 채 열린 시야로 세상과 마주하기를. 성성한 백발이 될 때까지 세상들을 만나보기를 소망한다.

점순이의 동백꽃
2014 1021 artye

일상
예술가

우리는 모두 일상예술가다.

예술가는 마음으로 있는 그대로의 사실을 보고 느끼는 사람이다. 창작은 아무것도 없는 허공에서 뭔가를 만드는 게 아니라 세상을 다양하게 보고 느끼며 그걸 설명하기 위한 연결 고리들 잇는 일이다. 창작은 세상의 아름다움으로부터 숨지 않고 그것과 대면하는 일이다.

_대니 그레고리, 『창작면허 프로젝트』(세미콜론) 중에서

선글라스를 통해 보이는 바다도, 하얀 모래도, 그 하얀 모래사장 위에 우두커니 홀로 앉아 있는 유미 언니도, 선글라스에 비친 모습을 카메라에 담는 나도, 기꺼이 자신의 선글라스를 내어주는 유진 오빠도 모두 예술가다. 그래서 우리는 모두 일상예술가다.

제주,
우도

우도는 여전히 조용했고, 나는 여전히 사랑타령 중이다.
갑자기 모든 게 지겨워지기 시작했다.

우도만이 주는 색이 있다. 물론 월정리의 색, 김녕의 색 그리고 협재가 주는 바다의 색은 모두 다르다. 그중 우도가 주는 색은 유달리 더 차갑고 푸르다. 사람들이 한 번에 들어왔다 한 번에 모두 빠져나가는 우도는, 그래서 더 아쉽고 그래서 더 머물고 싶은 곳이다.

난생처음 이별을 했을 때, 내 감정이 똥인지 된장인지도 구별하지 못했던 그 무렵에 찾았던 우도는 조용했고, 차분했고, 고요했다. 깜깜함뿐인 우도의 밤은 외로울 법도 했지만 우도가 주는 그 안정감을 여전히 기억한다. 1년 만이다. 그 사이 나는 두 번째 이별을 했고, 다시 찾은 우도는 낮이었다. 우도는 여전히 조용했고, 나는 여전히 사랑타령 중이다. 갑자기 모든 게 지겨워지기 시작했다. 우도는 아무런 대답이 없다.

제주도를 닮은

엄마가 되고 싶다

* * *

반은 비가 내리고 반은 멀쩡하다.

늘 생각했던 것처럼, 인생에 정답은 없는 거라고,

똑같은 하늘에서도 동시에 여러 갈래의 성질들이 공존하는데

무언가를 하나로 정의하는 것은 무의미하다고.

아이가 생긴다면 올레 10코스는 꼭 함께 걷고 싶다. 물론 그 시간이 될 때까지 제주가 온전히 남아 있으리라는 보장은 없지만 말이다. 올레길 내내 밭이 나온다. 감자밭, 무밭, 당근밭, 배추밭, 이름을 알 수 없는 작물들 천지다. 길게 늘어진 길을 보니 산티아고가 생각났다. 아이와 함께 걸으며 땅에서 태어나고 있는 아이들에 대해 이야기하는 장면을 상상해본다. 바다와 산이, 그리고 땅이 있는 길. 아이에게 인내심과 참을성을 느낄 수 있게 하는 좋은 길이 되지 않을까. 만약 그렇다면, 날씨 역시 오늘처럼 정말 제주스러웠으면 좋겠다.

해가 쨍쨍하다가 우박이 내리고, 우박이 내리다 다시 해가 나온다 싶더니 비가 온다. 다채로웠다. 하나의 하늘은 두 갈래의 빛을 내리고 있었다. 반은 비가 내리고 반은 멀쩡하다. 늘 생각했던 것처럼, 인생에 정답은 없는 거라고, 똑같은 하늘에서도 동시에 여러 갈래의 성질들이 공존하는데 무언가를 하나로 정의하는 것은 무의미하다고.

시시각각 변할 수도 있고, 받아들이는 이에 따라 많은 여지를 주는 세상은, 참 모순 덩어리인 게 많다고 말해줄 수 있는 엄마가 되고 싶다. 좋은 옷만 입히고, 좋은 음식만 먹이고, 좋은 것만 보여주는 게 아니라, 세상엔 참 다양한 것들이 공존하고 있고, 많은 가치들이 충돌하고, 너무 많은 모순들이 있는 거라고. 그럼에도 불구하고 행복은 어디에나 있을 수 있는 것이라고 말해줄 수 있는 그런 엄마.

제주 올레길 역시, 제주스럽다. 제주가 좋다. 제주도를 닮은 엄마가 되고 싶다.

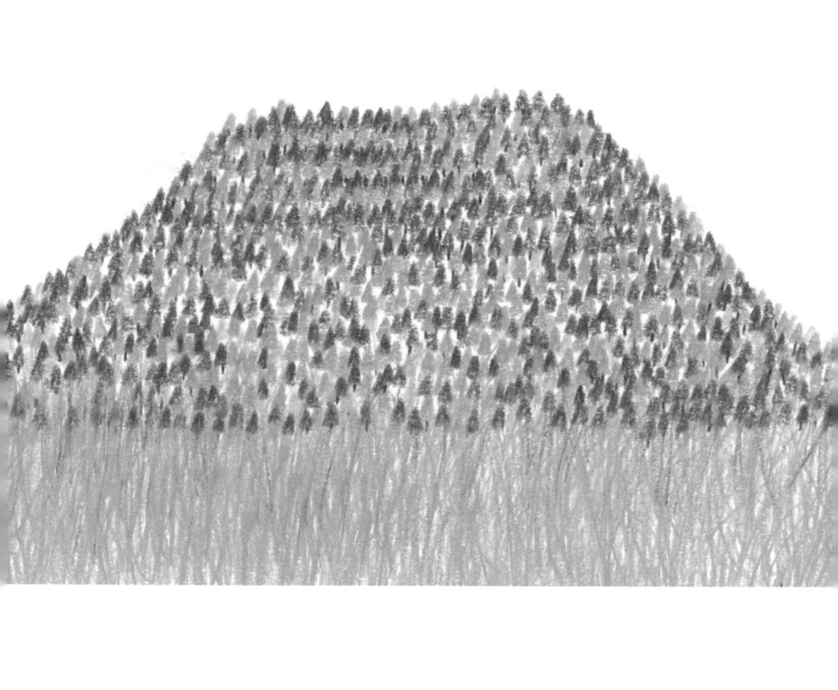

1분의
반짝거림

* * *

하나의 힘으로는 되는 게 없다고,

그래서 뭐든 하나로 정의될 수 없는 거라고 말하는 거 같아 좋다.

찰나의 반짝거림이 좋다.

해에 따라 시시각각 바다가 변한다. 1분 사이사이마다 바다가 변한다. 고정된 것은 아무것도 없다. 그냥 다 흘려보내라는 듯 그렇게 바다가 영원한 건 없다고 말해준다. 특히 날씨가 좋지 않으면 반짝임은 아주 잠시뿐이다. 반짝임은 찰나였다.

햇살과 물이 만나 반짝이는 순간이 좋다. 물의 힘과 햇빛의 힘, 그리고 바람의 힘이 모여 생기는 그 반짝거림. 구름의 도움도 필요하다. 해를 가리던 구름이 잠시 비켜나야 그 찰나의 순간이 만들어지기 때문이다. 하나의 힘으로는 되는 게 없다고, 그래서 뭐든 하나로 정의될 수 없는 거라고 말하는 거 같아 좋다.

찰나의 반짝거림이 좋다.

무심히
기대오던
그 따뜻한 몸

* * *

문득 그런 생각을 했다.
애정을 주면 그만큼의 책임이 따르는 거라고.
사랑이 마냥 좋을 수 없는 이유는 그만큼 책임이 따르기 때문이라고.

동물을 싫어하지 않는다. 그렇다고 좋아하지도 않는다. 사실 정확히 표현하면, 보는 건 좋아도 만지는 건 그리 좋아하지 않는다. 기관지염이 있어서 그럴 것이고, 옷에 털이 묻는 게 싫다. 자주 얼굴에 손을 대는 습관 때문인지 으레 만지는 건 피하게 된다. 제주도에 온 뒤로 변한 게 하나 있다면, 이제는 동물을 만진다는 것이다.

절대 씻지 않는 우리 게스트하우스 락심이, 온 동네를 활보하고 다니지만 나는 매일 락심이를 만지며 위안을 받는다. 응?에 있는 월랑이 또한 그렇다. 대뜸 월랑이가 내 무릎에 뛰어오른다. 저를 예뻐하는 게 전해졌나. 큰 놈이 갑자기 뛰어올라 아빠다리 하고 있는 내 다리에 네발을 지탱한다. 이제 겨우 두 번째 만남이었을 뿐인데 그러는 게 신기해 꼭 안아주었다. 점차 월랑이의 무게가 느껴진다. 그 녀석이 힘을 빼고 내 다리에 드러눕는다. 방바닥에 앉아 있던 것도 아니고, 의자에 앉아 있던 터라 무게를 지탱하기가 어렵다. 그래도 깰까 봐 조심조심

그를 쓰다듬어본다.

내려갈 생각을 안 한다. 코까지 골면서 잔다. 몸이 저려온다. 팔도, 다리도 저려 허리까지 무게가 전해진다.

문득 그런 생각을 했다. 애정을 주면 그만큼의 책임이 따르는 거라고. 사랑이 마냥 좋을 수 없는 이유는 그만큼 책임이 따르기 때문이라고. 좋은 만큼, 지탱해야 할 무게가 생기는 거라고. 어쩌면 나도, 그도 그 책임이란 단어를 떠올리지 못해 아니, 애써 마냥 좋고 싶어 피하려고만 했기 때문에 이별할 수밖에 없었던 게 아닐까 생각했다.

그러니 지금 아픈 게 당연하다고도 생각해본다. 언젠가 그녀가 했던 말처럼. 많이 사랑했으면, 딱 그만큼 아파야 하는 게 정상이고, 그게 이별을 마주하는 자세라는 말을 떠올려본다. 옳고, 그른 것에 대한 기준을 잘 모르겠지만 그녀는 늘 옳다. 나는 여전히 이별하는 중이다.

매년
이 단풍을
보러 오자

***

단풍은 예뻤고 아름다웠고
산티아고를 걸었던 그 복장 그대로 산을 오르니 마냥 행복하기만 했다.

2013년의 가을, 한라산에 오른다. 삼순이를 따라가는 현빈은 없었고, 휘황찬란한 색의 등산복을 입은 어른들만 계셨다. 혼자 왔다는 말에 다들 이별했냐며 안쓰러운 눈으로 바라보셨고, 씩씩하게 애인이 있노라 답했다. 아직 이별을 하기 전이었다.

어른들께서는, 혼자 무릎 보호대까지 챙겨 백록담에 올라온 걸 보니 어디 떨어져도 잘살고, 어느 기업이든 취업 잘하겠다고 칭찬을 해주셨다. 그러거나 말거나 나는 아직도 취업을 못하고 있다.

산에 올라 단풍을 보는 일은 처음이었고, 도대체 뭐 하고 살았길래 이제껏 단풍도 못 보고 살았을까 싶었다. 그리 열심히 살지도 않으면서 예나 지금이나 혼자 바쁜 척은 다하면서 살았구나 생각했다. 단풍은 예뻤고, 아름다웠고 산티아고를 걸었던 그 복장 그대로 산을 오르니 마냥 행복하기만 했다. 산티아고 옷만 입어도 이리 행복해지니 적어도 인생을 포기하는 일은 없겠구나 싶어 다행이었다.

다짐한다. 단풍이 뒤덮인 산은 매년 오르기로. 내가 살고 있는 이 세계, 내가 머물고 있는 이 계절을 스마트폰의 달력이 아닌 자연에게서 온전히 느끼기로. 날짜가 아닌, 가을이 주는 바람과 가을이 주는 색으로 그 시간에 머물기로 말이다.

다시 제주,
그리고 안녕

❀❀❀

나는 또 다시 물었다.

"이제 다시 어떻게 살아야 할까?"

답이 나올 리가 없었다. 지금, 할 수 있는 일을 하자.

두 달을 넘게 머문 제주에서 갑자기 떠나온 건, 나에 대한 지겨움 때문이었다. 드로잉 노트를 만들기 위해 온 제주였지만, 또 다시 밀려오는 제주의 것들을 감당해내느라 여전히 제자리에 머물러 있었다. 내 집, 내 방 아늑한 공간을 두고 손님들과 함께 묵고 있는 6인실의 게스트하우스도 지겨워졌고 같은 자리에서 맴돌기만 하고 있는 내가 지겨웠다. 아니 사실 새로운 사람들과 관계를 맺고, 또다시 상처받고 있는 내가 지겨웠던 것이 가장 큰 이유였다. 흐트러진 이 관계를 가장 크게 보고 있는 '내가' 말이다.

그날 밤도 잠을 자지 못하고 꼬박 날을 샜다. 서울에서 연락이 왔다. 곧 프로젝트를 시작하는데, 함께 해보지 않겠느냐는 권유였다. 제주를 정리하고 3일 뒤 서울로 간다고 했다. 그는 빠르면 빠를수록 좋다고 했다. 생각해보니, 딱히 정리할 것도 없었다. 두 시간 뒤에 김포로 출발하는 비행기 표를 끊었다. 들고 온 가방에 짐을 쑤셔 넣으며 도망치듯 제주를 빠져 나왔다.

그렇게 떠나온 제주였다. 홀가분했다. 미련덩어리인 내가 미련 없이 제주를 떠나왔으니, 그것만으로도 제법 괜찮았다.

그렇게 돌아온 서울이었지만, 프로젝트는 시작도 하지 못한 채 허무하게 끝이 났다. 상황이 그렇게 되었고, 나는 다시 원점에 서 있었다. 나는 또 다시 물었다.

"이제 다시 어떻게 살아야 할까?"

답이 나올 리가 없었다. 지금, 할 수 있는 일을 하자. 별다른 고민 없이 방배동 공간에 갔고, 어지러워 보이는 그곳의 주방을 열심히 쓸고 닦았다. 잘 알지도 못하는 남자가 도와줄 게 없느냐고 말을 걸어온다. 괜찮다고 씩씩하게 답했다. 주방을 다 청소하고 나니 스타트업을 시작하는 한 멤버가 내게 함께 해보지 않겠느냐고 물었다. 별다른 생각이 없었던 나는, 조금의 고민 끝에 "오케이!"를 외쳤다. 그리고 조금의 시간에 끝에, 나는 도와줄 게 없느냐고 물어왔던 남자와 사랑을 시작했다. 그는 괜찮다고 씩씩하게 답하는 내게 호감을 느꼈다고 했다.

프로젝트를 시작하려 제주의 모든 것을 정리하고 돌아왔는데, 그게 순식간에 취소되고 다시 아무것도 없는 상태가 됐는데, 나는 또다시 스타트업에 취직을 했고, 새 사랑을 만났다. 모두 보름 사이에 일어난 일이었다. 여전히 알 수 없는 인생이었다. 보름 만에 지겹다고 내팽개치고 온 제주가 그리웠다. 나는 어느새, 가장 싼 제주도 비행기 티켓을 찾고 있었다.

여전히 알 수 없는 인생에서, 나는 여전히 답이 없는 선택들을 하고, 그 선택들에 후회가 남지 않도록 '지금, 할 수 있는 일'을 하려 한다.

그러니, 다시 제주에 가야겠다.

담배

TERRACO

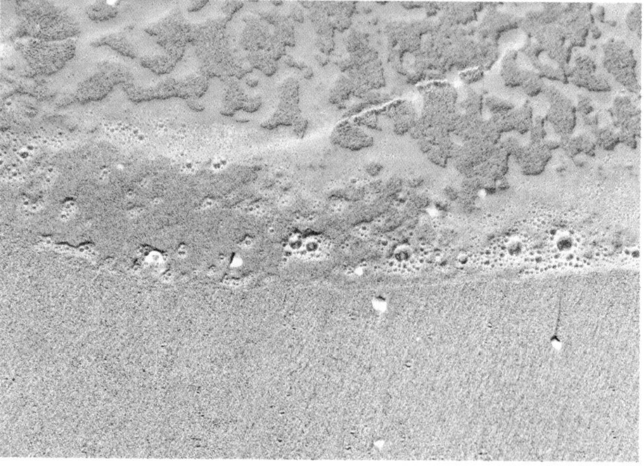

2015 SEPTEMBER

ALPHA

TIME OF FLOWER
시간의 꽃 @artye

3부

초록과 초록 사이 나는 좋은 날로 간다

세상에서
가장 통통한
1분 1초

❀❀❀

잘 살아내고 있다. 잘 살고 있다.
그가 내게 주었던 시계가 아닌
좀 더 내게 잘 어울리는 시계를 내게 선물해본다.

1주년 선물로 그에게 시계를 선물받았다. 평소 그런 것에 관심이 없었던 그는, 내게 맞는, 내가 좋아할 만한 시계를 찾기 위해 고생했다고 한다. 기뻤다. 내게 잘 어울리는 시계였고, 아주 마음에 들었다. 사실 그 이전 시계를 차본 적이 없어 차기만 했지 잘 보진 않았다. 그래도 늘 차고 있었다. 그와 헤어진 후, 하루라도 빨리 정리하고 싶었던 마음에 시계를 가위로 잘라버렸다. 그 뒤로부터 이상한 버릇이 생겼다. 분명 손목에는 시계가 없는데 나도 모르게 시계가 있던 자리의 옷을 당겨보는 것이다. 텅 빈 손목에 가슴이 철렁할 때가 많았다. 다시 시계를 살까 여러 번 고민했지만 어차피 차도 잘 보지 않을 것이 뻔했기에 단념했다. 그렇게 한 달하고도 보름이 훌쩍 지났다.

순례길을 다녀온 후 "내 삶이 변했다." 혹은 그곳은 내 삶의 터닝 포인트였어."라고 이야기하지는 않는다. 여전히 난 밝고, 긍정적이고, 사람을 쉽게 믿고 좋아하고 또 변덕스럽고, 더러 조심성이 없으며, 감정적이고 감성적이다. 본의 아니게 다른 이에게 상처를 주고, 오해를 받는다. 본질적인 나는 그리 변한 게 없다. 그러나 분명 삶의 궤도가 달라졌다. 멍하니 보내는 시간이 많았던, 하염없이 TV를 보거나 침대에서 뒹굴거리거나 끝도 없이 쓸모없는 망상을 하던, 그래서 늘 내일을 살았던 나는 그 이후부터 지금, 여기를 살기 시작했다. 육체적으로 충실한 날들보다, 감정적으로 충실했던 날이 훨씬 많긴 했지만 말이다.

순간에 집중해 그림을 그렸고, 글을 썼다. 순간에 집중해 변화무쌍한 제주도를 온전히 품에 안았다. 새로운 사람들과 프로젝트를 진행했고, 그 과정을 즐겼다. 난 여전히 사랑을 했고, 이별을 했고, 그 이별의 과정에서 끊임없는 질투를 분노를 안타까움을 슬픔을 느꼈다. 언젠가 받은 편지에서처럼 순간순간 하고 싶은 일에 최선을 다하는 나는, 지치고 힘들어 보일지언정 밀도 있는 삶을 살아내고 있음을 알았다. 나는 나로서 살아가고 있는 것이다.

내게 시계를 선물하기로 했다. 잘 살아가고 있다고. 굳이 떠안지 않을 상처까지 떠안고 사는 나지만, 누군가가 보기에 박복한 삶이라 할 수 있지만, 나는 전혀 박복하지 않다. 도리어

복이 많아도 너무 많은 사람이고, 누구보다 충실히 나로 살아가고 있다. 삶을 돌아보면 돌아볼수록 그렇다. 주변에 정말 좋은 사람들이, 특별한 사람들이 넘치고, 그래서 단 하루도 평범하지 않다. 그것만으로도 내가 좋은 사람이고, 특별한 사람임을 나타내는 셈이다. 다른 사람들이 쉬이 할 수 없는 경험들로 넘쳐나는 내 삶은 그래서 재미있고, '울고 웃고'가 거듭되고, 그래서 다채롭다. 내가 좀 더 나일 수 있게, 내가 좀 더 좋은 사람일 수 있게 나를 만들어준 지나간 사랑들에게 나는 무척이나 고마울 뿐이다.

잘 살아내고 있다. 잘 살고 있다. 그가 내게 주었던 시계가 아닌 좀 더 내게 잘 어울리는 시계를 내게 선물해본다. 행복한 사람이다, 나는.

그녀 인생의
이름은
따뜻함

＊＊＊

스물일곱 살의 삶,
엄마의 삶을 동시에 살고 있는 그녀가 너무나 자랑스럽다.
응원한다. 그녀의 삶을.

작은 손으로 단단한 케이크를 자르는데 픽 하고 웃음이 났다. 뭔가 다섯 살의 삶의 무게가 느껴진다고 할까. 칼을 움켜쥐고 어떡해서든 자르려는 아가의 모습이 예뻤다. 긴 속눈썹을 가진 아이, 밝은 피부만큼 밝은 성격을 가진 아이였다.

역시 언니답게 아이들과 함께하고 있었다. 용기 있는 언니의 모습, 용기 있는 언니의 삶 그 자체였다. 조금은 부러웠고, 조금은 존경스러웠다. 작은 집이었지만, 넉넉했고 충분히 따뜻했다. 세상이 정하는 평균의 규격 따위는 그 무엇도 문제가 되지 않았다.

내가 바라는 것처럼 텔레비전이 없었고, 거실에는 책장만 있을 뿐이었다. 소소한 살림, 그것이 내가 꿈꾸는 가정이다. 그 삶을 살아내고 있는 언니가 대견했고, 부러웠다. 자신들이 나오는 영상에도 까르륵 웃는 아이들 앞에서, 아이들의 한마디 한마디 놓치지 않고 다 담아주는 언니를 보며 엄마라는 존재에 대해, 토깽이 같은 자식들에 대해, 그래서 결국 삶이라는 것이 무엇인지에 대해 생각해본 오후였다.

언니가 차려준 정갈한 밥상은 그녀를 대변하는 듯했고, 그녀의 토깽이 같은 두 명의 아가들은 그녀가 얼마나 강한 사람인지, 그래서 얼마나 멋진 사람인지 이야기해주는 생생한 증거였다. 멋진 사람이다.

그녀가 마흔이 되었을 때, 규짱은 곧 성인이 된다. 이 얼마나 멋진 일인지. 스물일곱 살의 삶, 엄마의 삶을 동시에 살고 있는 그녀가 너무나 자랑스럽다. 응원한다. 그녀의 삶을, 그녀 자신에게, 엄마인 그녀에게, 한 남편의 부인인 그녀를.

다 떠나서 그녀 자체의 삶을 진심으로 응원한다. 나도 그러고 싶다고, 나도 그런 삶을 살면 언니처럼 잘해낼 수 있을지 모르겠다고 조금은 수줍게 이 글을 남긴다.

이토록 아름다운
수요일

괜한 분위기에 취해 우울하거나 쓸쓸하지 않기로 한다.

오늘은 그냥 수요일이니까.

조금은 쓸쓸한 연말이다. 2013년의 마지막 날이다. 어쩌면 집에 있어도 그저 연예대상에서 하는 카운트다운을 보며 쓸쓸했을 터였다. 지친 몸을 이끌고 집에 가는 길이었다. 자카에게 전화가 왔다. 쓸쓸하다는 나의 말에 자카는 "오늘은 그냥 수요일이야."라고 말한다. 자카는 서른여섯이기에 '그냥 수요일'일 수 있다. 이제 겨우 스물여섯인 나는, 그래서 사는 게 전부 별일인 내게, 아직은 '그냥 수요일'이 아닌 밤이었다.

내 말을 찬찬히 듣던 자카는 대뜸 크게 욕을 했다. 그리고 말했다.

"돌계단을 열심히 오르는 데, 어느 순간
구름계단인 거야. 남자를 만날 땐, 그걸 조심해.
장담하건대 하얀 도화지인 너는,
내가 만난 사람들 중 가장 예쁜 사람이야."

자카는 2014년에는 내가 어떤 그림을 그릴지 무척이나 기대된다고 말했다. 덧붙여, 가끔은 내 나이에 감당할 수 없는 상처를 안고 사는 나로 인해 속상하다고 말했다. 신기하게도 전혀 관련이 없는 다른 사람들에게서 해마다 이 말을 듣고 있다. 스무 살에도, 스물한 살에도, 그리고 스물둘에도, 넷에도. 다섯 살에도. 스물여섯을 시작하는 날에 이 말을 또 들으니 모든 게 위안이 되었다. 찝찝했던 마음이 말끔히 정리되었다. 굶지도 않고 아직도 엄마 용돈 받으면서 배불리 따뜻하게 지내고 있는데 괜히 엄살을 부리는 것 같다.

오늘은 정말 그냥 수요일이다. 생각해보면 딱히 새로울 게 없는 날이다. 괜한 분위기에 취해 우울하거나 쓸쓸하지 않기로 한다. 오늘은 그냥 수요일이니까.

동진 씨,
당신을
만나러 간다!

* * *

요란한 소음 속 당신 손의 온기가 온전히 전해진다.
콧잔등이 간지럽다.

달그락달그락, 쿵덕쿵덕, 끽끽, 쿵쾅쿵쾅, 야간열차는 요란스럽기만 하다. 소음 속에서도, 환한 조명 속에서도 사람들은 저마다의 편안한 자세를 찾아 잠을 청한다. 잠을 청하려고 눈을 감는다. 요란한 소음 속 당신 손의 온기가 온전히 전해진다. 콧잔등이 간지럽다. 맞닿은 손을 놓기 싫어 간지러움이 지나갈 때까지 그냥 기다리기로 한다.

큰일이다. 당신이 좋다.

당신과 나는, 기차 안. 이제는 우리가 된 우리는, 마치 한때 짝사랑을 했던 사람처럼 이름만 들어도 설레는 정동진, 동진씨를 만나러 가는 길이다.

너를 만나러 가는 길

＊＊＊

나를 보고 싶어 할까 봐가 아니라

내가 보고 싶어 달려가는 이 길은,

아무런 욕심이 없다.

봄동, 너를 만나러 가는 길이다. 햇빛 하나 들어오지 않는 지하의 7호선을 타고 너를 보러 간다. 지하철 안은 무료하기만 하다. 음악을 듣고, 때론 책을 읽고, 대개 볼품없이 SNS을 들여다보고 있으면 갑자기 비추는 해로 인해 눈이 찡그려진다. 한강 다리를 지나며 햇살을 온몸으로 느낀다. 네게 거의 다 왔다는 신호다.

나를 보고 싶어 할까 봐가 아니라 내가 보고 싶어 달려가는 이 길은, 아무런 욕심이 없다. 네가 나를 보고 반가워해주지 않아도, 네가 내게 달려오지 않아도 그저 내가 보고 싶어 너를 향해 달려간다. 사람과의 관계에 있어서도 이런 마음이면 얼마나 좋을까. 바라지 않고, 기대지 않는 것. 네게는 가능한데 왜 사람들과의 관계에서는 그리 힘든 일인지 나는 잘 모르겠다. 특히 사랑에 있어 말이다.

무럭무럭 성장하고 있는 너를 보며, 나는 책임감을 배운다. 동물병원에 데려가고, 목욕을 시키고, 끊임없이 빠지는 털 속에서 온몸이 간지러워도 참는 법을 말이다. 오래오래 함께 살길. 내 욕심, 당신의 욕심으로 인해 너를 놓치지 않길. 그렇게 바라고 또 바란다.

좋아하는
밴드가
있다는 것은

* * *

해보지 않은 것에 대한 어색함,
혹은 이런 어색함을 들킬 것만 같아 부끄러웠다.
그러니 요상한 표정이 될 수밖에 없었다.

나는 음악에 대해 잘 알지 못한다. 음악이 주는 편안함, 음악이 주는 안도감, 때로는 음악에게 받는 위로와 다정함에 이따금 놀랄 뿐이다. 대부분 차분한 노래를 많이 듣는다.

드라마를 볼 때도, 영화를 볼 때도 현실감 있는 이야기에만 매료되는 편이다. 나와 동떨어진 세계에는 관심이 가질 않는다. 그러니 자연스레 노래를 들을 때도 공감이 가는 가사를 가진 노래에 끌린다. 또 그러니 자연스레 이별에 대한 노래를 즐겨 들었다. 어찌 이렇게 내 마음을 읊어놓은 것 같은지. 첫 이별을 하고 아파할 때 이소라의 〈바람이 분다〉라는 노래를 듣고 처참히 무너졌다. 나는 약했고, 해보지 않은 것들에 대한 다시 일어섬이 느린 편이었다.

그렇게 시작한 음악 듣기는 어느새 습관으로 굳어져버렸다. 항상 듣던 노래만 듣는다. 굳이 새로운 음악을 찾으려 노력하지 않았다. 밴드의 노래는 어색했다. 신나는 노래 역시 어색했다. 그런 내가 당신과 함께하고 싶어 생전 처음 들어본 밴드의

콘서트를 갔다. 당신이 뒤에 있어 내 표정을 볼 수 없는 것이 다행이었다. 그 정도로 나는 괴상한 표정을 짓고 있었다. 싫지 않았다. 신나고 좋았다. 하지만 어색했다. 밴드의 소소한 말투까지 기억하고 있는 팬들이 가득한 작은 공연장은 열띤 흥분으로 가득했다. 너도나도 방방 뛰었고, 너도나도 소리를 지르며 몸을 흔들었다. 나도 흔들고 싶었고, 나도 방방 뛰고 싶었다.

아이가 첫 걸음마를 뗄 때 그 뒷모습이 우스꽝스럽고 어색하듯, 나 역시 해보지 않은 것에 대한 어색함, 혹은 이런 어색함을 들킬 것만 같아 부끄러웠다. 그러니 요상한 표정이 될 수밖에 없었다. 요상했지만 즐거웠고 행복했다.

기타 소리, 드럼 소리, 건반 소리. 음악에 취해 노래를 하고 연주를 하는 밴드의 모습에서, 그 모습을 보며 몸을 흔드는 사람들 속에서 나는 생각했다. 사실 행복이라는 게 음악 하나로도 채워질 수 있는 거구나. 이 사람들은 최소한 자신이 무슨 음악을 좋아하는지 알고 있구나. 좋아하는 밴드가 있다는 것은 꽤나 멋진 일이구나. 그 뒤로는 어떤 음악이든 들어보려 하고 있다. 바람이 분다. 역시나, 봄이다.

말없이
건네는 인사

모두 행복했으면 좋겠다.
엄마의 삶도, 아빠의 삶도, 그리고 할아버지 할머니의 삶도.

새아빠의 부모님이다. 그러니까 내게는 새할아버지, 새할머니시다. 굳이 '새'를 붙일 필요는 없다. 모두 내 할아버지, 할머니니까. 부모님 두 분 모두 정육 판매를 하신다. 그러니 소위 명절이 대목이니, 우리는 시골에 내려가지 않는다.

할머니, 할아버지를 뵈러 전주에 내려간 것은, 어쩌면 10년 만일지 모른다. 내가 새아빠에게 해줄 수 있는 건, 가끔 안주를 차려드리거나 답장 없는 문자를 보내는 일. 어느 날 갑자기 할아버지께 처음으로 전화가 왔고, 괜스레 눈물이 나 아빠에게 "할아버지께 다녀올게."라고 했다. 아빠는 놀라는 눈치였다. 티를 내지는 않지만, 무척이나 좋아했다. 좋으면 좋다고 표현을 해줬으면 좋겠지만 아빠는 그 방법을 잘 모른다. 그저 마음으로 진힐 수밖에.

할아버지는 몇 년 만에 보는 손녀들을 보시곤 무척이나 좋아하셨다. 동생과 나를, 마치 큰 호수 옆에 있는 다섯 살 아이라고 생각하셨다. 나는 이제 결혼해서 아이를 낳아도 별로 이상하지 않을 나이임에도 말이다.

나는 그곳에서 꺼져가는 불씨를 보았다. 꼬장꼬장, 까칠까칠의 대명사였던 할머니. 길에서 크게 넘어지신 후로 큰 수술을 받으셨고, 우울증까지 겹치셨다. 말은커녕 움직이는 것조차 힘들어하셨다. 문득, 나를 매섭게 바라보던 할머니 눈빛이 너무나 공허해진 것을 발견했고 조금은 슬펐다. 한참 피어가고 있는 열다섯 살 동생과는 대조적으로 할머니 주변에는 그 어떤 빛도 없었다. 눈동자는 비어 있었고, 행동은 굼뜨셨다. 할아버지 옆을 졸졸 쫓아다니시기만 했다.

돌아오는 기차 안에서 '결국 산다는 게 뭘까.'라는 물음을 던진 채 울고 말았다. 새할아버지, 할머니와는 그 어떤 기억도 없다. 함께한 추억조차도 없다. 별다른 추억도, 정도 없지만 그래도 날 키워주신 아버지의 부모님이시고 내 할머니, 할아버지이다. 뭐라도 하나 더 주시려 하고, 기어이 기차 타는 모습까지 배웅해주시는 두 분을 보며 눈물을 삼켜야 했다. 감사합니다. 또 감사해요. 그저 살갑게 구는 것 외에 내가 해드릴 수 있는 건 없었다. 사진을 여러 장 남겨두었다. 아빠에게 보냈고, 인화를 해서 전주로 보내드렸다.

주소를 여쭤보며, 나는 난생처음 우리 할아버지의 존함을 알았다. 김 길 자 성 자. 김길성. 아, 이게 우리 할아버지 이름이었구나. 또 눈물이 난다. 건강하세요. 건강하게 오래오래 사세요. 두 분이 같은 날 돌아가셨으면 좋겠다고 몇 번이고 생각했다. 아무것도 혼자 하실 수 없는 할머니가 혼자 남겨지는 건, 더더욱 상상하기 싫다. 할머니가 먼저 가시면, 우리 할아버지는 어쩌지. 너무나 외로우실 텐데 싶어 마음이 아팠다. 1년에 한 번도 찾아뵙지 못하는 아빠의 마음은 어떨지. 헤아려지지도 않는 그 마음이 너무 슬퍼 엉엉 울어버렸다. 모두 행복했으면 좋겠다. 엄마의 삶도, 아빠의 삶도, 그리고 할아버지, 할머니의 삶도. 아무리 바빠도 1년에 한 번씩은 꼭 전주에 내려가기로 다짐해본다.

그러나 반년도 지나지 않아, 할머니는 돌아가셨다. 너무나 갑작스러운 죽음이었다. 할머니는 아빠에게도 새어머니셨다. 빈소에 앉아 할머니의 사진을 말없이 보던 아빠의 뒷모습을 잊을 수가 없다.

감히
행복해지는 것

***

가장 무서운 건
내 행복을 위해 했던 그 행동이,
혹여 누군가에게는 상처가 될 수 있다는 점이다.
조금 걱정이 된다.

누군가에게 상처가 됐으려나.

카페에서 이야기 나눈 것이 발단이 되어 지하주차장으로 그를 끌고 내려가 멱살을 잡고 협박으로까지 이어졌다고 전해 들었을 때 다짐했다. 사람들이 뒤에서 한 이야기들에 휘둘리지 말자. 그런 이야기들에 상처받지 말자. 내게는 평범하기만 했던 나의 일상 이야기들이 "동정심을 구하려고 내게 그런 말을 하니."라는 말로 돌아왔을 때, 나는 생각했다. 사람은 모두 자기가 본 대로, 자기가 경험한 대로 생각하고 느낀다.

그래서 나는 사람들이 하는 이야기에 크게 동요되지 않으려 한다. 더욱이 누군가를 함부로 미워하지 않으려 한다. 그 사람의 이야기는 내가 알 수 없는 영역의 것들이고, 그들의 사랑 이야기는 둘만 아는 사랑이기 때문이다. 그저 원래 남 말하기 좋아하는 사람들이 있을 뿐이고, 그들에게는 사실 여부가 중요하지 않다. 씹고 내뱉을 무언가가 필요할 뿐이다. 결국 나 역시 내 경험, 내 이야기, 내 프레임을 통해 세상을 보고 있으니 모두 자기만의 정답을 가질 뿐이다. 결국 지나고 나면 별일 아닌 것이 되기에. 잠시 구설수에 오른다 하더라도 그저 한 번 씹고 뱉어질 가십에 불과하다. 항상 중요한 것은 내 행복이었다. 남의 시선과 말이 두려워 내 행복을 포기하기에는 인생은 짧고, 타인의 시선과 말은 가볍다.

가장 무서운 건 내 행복을 위해 했던 그 행동이, 혹여 누군가에게는 상처가 될 수 있다는 점이다. 조금 걱정이 된다. 그럼에도 불구하고 난 또다시 이기적으로 내 행복을 먼저 생각하기로 했다. 자신에게 주어진 상처는 스스로 보듬어야 하는 것이라고 그렇게 또 내 식대로 얼버무려본다.

숨은
그 소녀를
찾아서

❀❀❀

나조차도 기억하지 못하는 열 살의 나는 지금 어디서 헤매고 있을까.

그 친구의 편지로, 열 살의 나를 불러본다.

지금 생각해보면 초등학교 3학년이 어떻게 그런 감성을 지녔을까 싶은 구절이었다.

"눈이 슬퍼 보이는 예지야,
때로는 언니 같고 때로는 동생 같은 내게 참 좋은 친구야."

내가 유일하게 기억하는 편지의 내용이다. 열 살인 아이에게 눈이 슬퍼 보인다는 건 어떤 의미였을까 싶지만, 열 살인 내게도 그 문장이 참 좋았나 보다. 나는 그 구절을 종종 다른 친구들에게 똑같이 사용하곤 했다. 눈이 슬퍼 보인다. 열 살인 소녀가, 열살의 소녀에게 눈이 슬퍼 보인다는 표현을 썼다. 하얀 친구였고, 몸이 약한 친구였다. 내가 기억하는 유일한 그 친구의 모습이다. 이름도 기억나지 않는다. 초등학교를 세 번이나 옮겼기에 어릴 적부터 친한 친구가 없다. 이사를 가면 연락할 수 있는 방법이 없었고 공간을 초월해 우정을 나누기에는 그 방법을 몰랐다. 아쉽게도 초등학교 때 만난 수많은 친구들은 기억에서 사라진 지 오래다. 그저 어렴풋이 그 아이가 웃던 모습과 몇몇의 에피소드만 생각날 뿐이다.

15년이 지난 지금도, 그 편지는 내게 참 많은 질문을 던진다. 지금의 감성으로 기억해내기에는, 지금의 감성으로 이해하기에는 너무 어린 열 살이다. 열 살. 그때 슬펐던 건 사실이다. 살아온 환경이 완전히 뒤바뀐 상태였다. 애지중지, 금이야 옥이야, 자신은 굶어도 딸내미는 메이커를 입혀야 한다는 엄마의 손에서 자랐던 내가, 빨간 양말만 신게 하는 새엄마 손에서 자라야 했던 시절이었다. 패션에 관심이 남달랐던 우리 엄마는 어린 내게도 베이지, 하얀색, 곤색, 검정색을 골라 입혔던 감성적인 엄마였다. 반대로 새엄마는 옷이라는 건 사치라고 생각하고 공부만을 강요했었다. 베이비 존슨스의 오일, 로션, 크림까지 3종 세트로 발랐던 내가, 화장실에 숨어서 로션을 발라야 했던 시절이었다. 9년을 외동으로 자라 나눔을 몰랐던 내가, 내가 받은 선물이건 뭐건 똑같이 삼등분을 해야만 했던 시절이었다. 어린 나이로 감당하기에는 너무나 벅찬 일들이었다. 하얀 슬리퍼에 빨간 양말을 신고 학교에 등교해야 했었고, 수치심을 단어로서 배우기도 전이었다. 그래서 나는 열 살을 기억해내지 못한다. 엄마를 버리고, 아빠와 살겠다고, 그래도 살아보겠다고 새엄마를 처음 보자마자 엄마라고 불러야만 했던 그 나이는 내가 기억해내지 못하는 어린 시절이다.

"눈이 슬퍼 보이는 예지야."라고 첫 문장을 시작했던 그 소녀는, 날 기억하고 있을까. 눈이 슬퍼 보였던 어린 나는, 얼마나 많이 슬퍼 보였을까. 나조차도 기억하지 못하는 열 살의 나는 지금 어디서 헤매고 있을까. 그 친구의 편지로, 열 살의 나를 불러본다.

마주앉아
밥 먹는 시간

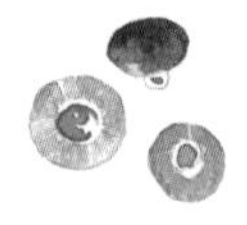

* * *

'당신이 내게'라기보다 '내가 당신에게'를 주어로 삼기로 한다.

내가 당신을 봐서 기뻤고, 내가 당신과 함께 밥을 먹을 수 있어 좋았다.

지금 나는, 상대의 작은 말과 행동 하나하나에 민감하게 반응하고 있는 중이다. 내가 좋아하는 만큼 당신이 날 좋아해주지 않는다고 생각하는 중이다. 당신의 말과 행동에서 '나를 좋아한다, 싫어한다'는 증거를 끊임없이 찾아내고 있다. 하지만 내게 조금이라도 소홀했다 싶어 우울해하거나 의기소침해지지 않으려 한다.

내가 이만큼 반갑다고 해서, 딱히 당신이 나를 이만큼 반가워해줄 필요는 없기 때문이다. '당신이 내게'라기보다 '내가 당신에게'를 주어로 삼기로 한다. 내가 당신을 봐서 기뻤고, 내가 당신과 함께 밥을 먹을 수 있어 좋았다. 그뿐이다. 아주 조금, 채워지지 않는 이 마음은 그저 이렇게 내 식대로 채워 넣으면 된다.

비가 참 많이 온다. 참 시원하게도 내린다. 날이 조금 차다.

누구에게나
남모르는
성장통이 있다

* * *

난 그만 마실래. 내 말에 씁쓸히 혼자 잔을 기울이던 그 모습을 추억하며
타닥타닥, 이곳에 남겨본다.

참아본다. 효창공원 역을 두 번이나 갔지만, 열 시 삼십 분 강남역에 있지만 그래도 참아본다. 세상에서 가장 못하는 일이 미련 없이 떠나기니까. 제주도가 알려준 그걸 서울에서 다시 해본다.

딱 지금 이 순간, 이 밤만 지나면 되는 걸 알기에 그렇게 참아본다. 문득 생각이 날 때마다 전화를 하고, 찾아갔던 첫 번째 이별과 달리 이제는 한 번 더 참을 만한 지혜가 생겼다. "난 가능한 한 세상의 모든 경우들을 만나볼 거야."라는 그 구절이 얼마나 깊은 문장인지 새삼 놀라며 그렇게 참아본다.

잠에서 깨 배가 아파 잠 못 드는 밤, 코털마저도 사랑스럽던 그 시절 딱 두 번 소주를 기울였을 뿐이다. 그 후로는 단 한 번도 제대로 함께 소주를 나눠 마시지 못한 미안함을, 지금 오늘에서야 느낀다. 난 그만 마실래. 내 말에 씁쓸히 혼자 잔을 기울이던 그 모습을 추억하며 타닥타닥, 이곳에 남겨본다.

미안했다고, 어쨌거나 나는 여전히 미안한 마음이 크다고 말이다. 그래도 이젠, 우린 어떻게든 헤어질 수밖에 없었다고. 반드시 헤어졌을 거라고. 그러니 다행이라고. 네게 쉼표를 찍어본다.

일주일간의
여행처럼
짧은 것

* * *

눈물이 났다. 당신의 세계와 내 세계가 하나로 일치되는 순간.

그 순간은 찰나였고, 나는 그게 영원할 거라 믿었다.

일주일간의 여행이었다. 문득 나는 당신과의 그때가 떠올라 괜히 설레었다. 매일을 만나도 보고 싶던 그 시절, 나는 일주일간 홀로 여행을 떠났다. 공항에 나를 바래다준 당신은, 내가 비행기를 타고 제주도에 도착하는 그 한 시간 동안 나와 영상 통화를 할 수 있는 방법을 찾고 있었다. 드디어 그 방법을 찾았다며 아이처럼 좋아하던 목소리를 잊을 수 없다. 떨어진 지 고작 한 시간 반이 지났을 뿐이었다. 떨어져 있는 서로의 삶을 공유하고, 매 시간을 궁금해하고 그래도 부족해 한참이나 전화를 했다.

어느덧 당신과 내가 두 계절을 지나왔다. 나는 이번 여행에서도 당신이 나를, 내가 당신을 몹시 그리워할 줄 알았다. 그때처럼 서로를 간절히 원할 줄 알았다. 착각이었다. 당신은 그때처럼 내 하루를, 내 시간을 궁금해하지 않는다. 목소리를 듣는 날은 그나마 다행이었다.

당신은 말한다. 그때와 지금은 다르다고. 나는 답했다. 나는 여전히 바보 같다고 말이다. 당신은 다시 말한다. "너무 깊게 생각하지 마."

눈물이 났다. 당신의 세계와 내 세계가 하나로 일치되는 순간. 그 순간은 찰나였고, 나는 그게 영원할 거라 믿었다. 짧지만 강렬했기에 쉬이 지워지지 않는 것이다. 채워지지 않는 외로움 속에서 이 문장을 만났다.

상대가 나를 완벽하게 사랑하고, 내가 상대에게 완벽하게 몰입하며 충만해지는 시간은 무지개 같았다. 순간이었다. 길게 지속되지도 않았다. 한참을 오지 않아 어떤 날에는 질문하기도 했었다. 완벽하던 날은 그저 꿈이었을까. 하지만 계속되는 사랑 속에서 알았다. 사랑이 본래 그렇다는 것. 쓰면서도 달고, 채워지면서도 허전하다.

라디오에서 흘러나오는 장윤주의 내레이션을 노트에 빼곡히 적어보고, 입으로 내뱉어본다. 사랑은 본래 그렇다는 것. 하지만 저 문장들을 온전히 품기에, 나는 아직 어리고 너무나 미숙하다. 오늘도 당신은 전화를 받지 않는다.

단 한 사람이
보여준
바깥 풍경

"예지야. 쌤이 얼마 살아보니깐 말이야."
그 말이 얼마나 위안이 됐는지 모른다.

그러니까 열여덟 살. 얼굴에 여드름도 가득하고, 지금보다 10킬로그램이나 더 나가던 시절이다. 수학을 제일 싫어했고, 수학 과외 선생님이 필요했다. 영악하게도 과외 사이트에서 잘생긴 순서대로 과외 선생님을 선택했다. 본능적인 선택이었다. 네 명이 있었던 것으로 기억한다. 그중에서 그는 3순위였다. 1, 2순위 선생님들은 멀다고 거절했다. 다른 선생님들에게 연락을 했고, 두 명의 대학생이 시범 과외를 왔다.

아직도 기억난다. 삼수해서 서울대에 들어갔다고 학생증이며 이것저것 서류를 가져온 그 말상 선생님, 가죽 바지를 입고 우리 집에 왔다. 이 선생님에 비해 그는 반팔에 청바지, 컨버스를 신고 엄마에게 합격점를 땄다. 그렇게 시작된 과외였다.

길음에서, 아니 길음역에서도 15분이나 떨어져 있는 그곳에서 독산역으로 수업을 하러 왔으니 왕복 네 시간이다. 바야흐로 그는 여자 친구와의 데이트 비용을 대기 위해 쭈꾸미 집에서 아르바이트를 할 시절이었다. 일주일에 두 번씩 부지런히

왔고, 늘 내게 인생 이야기를 했다.

그는 나의 유일한 바깥세상의 창이었다. 스스로 어떤 상처를 지녔는지, 어떤 생각을 하는지도 몰랐던 열여덟 살이었다.

친구들과 한참을 대학에 대해, 이성에 대해, 연예인에 대해 떠들 시기였다. 그들과 달리 나는 내 가족이 너무 아팠고, 내가 아팠다. 같이 사는 새아빠는 여전히 무서운 존재이기만 했다. 알 수 없는 감정들로 인해, 이도저도 아닌 시간을 보내던 시절이었다. 화가 단단히 났는데 누구에게 화가 났는지 모르던 시절, 나는 친구들과의 소통에 미숙했다. 그들이 원하는 게 무엇인지 나는 알지 못했다. 내가 가장 중요할 뿐이었다.

나는 나를 고립시켰다. 더더욱 못되게. 얄밉게. 재수 없게. 그렇게 나만의 벽을 쌓던 시기였다. 늘 어두운 표정으로 학교에 가고, 학교에서 책을 읽고 집으로 돌아와 텔레비전과 하루 종일을 보내는 말없는 학생이었다. 더 더 더 고립되어 빠져나오지 못했던 그 시절. 유일하게 바깥세상을 연결해주는 통로는 그, 단 한 사람뿐이었다. 그는 대학에 대해, 친구에 대해, 가족에 대해 참으로 많은 이야기를 풀어냈다.

"예지야. 쌤이 얼마 살아보니깐 말이야."

그 말이 얼마나 위안이 됐는지 모른다. 나도 한 살 더 먹으면 지금의 감정을 이해할 수 있을까 싶었다. 큰 책상에 둘이 앉아 그의 외모만큼이나 정갈한 글씨와 그의 음성을 들으며, 어쩌면 나는 마음의 문을 조금씩 열었는지 모르겠다. 열여덟 살은, 그런 나이었다.

금요일 새벽
독산역 2번 출구 앞
포장마차

나를 둘러싼 모든 사람들이 만취 상태다.
그 안에서 술을 한 잔도 먹지 않은 나는,
딴 세계에 온 것마냥 그들의 이야기를 가만히 듣는다.

좋은 사람들과의 만남 후 독산역에 도착했다. 분명 떡볶이에 순대에 떡꼬치에 심지어 튀김까지 먹었음에도 배가 고팠다. "생산적인 대화로 에너지가 다 소모된 걸 거야."라며 포장마차를 두리번거린다. 먹을까 말까. 혼자여서가 아니라 참을 만한 배고픔이니깐 그냥 잘까, 먹고 잘까 고민했다. 결국 앉았다.

"이모 해물라면 하나 주세요."

여자 혼자 새벽에, 그것도 포장마차였다. 다른 사람들의 눈치를 살피지 않았다고 하면 거짓말일 터. 라면이 나왔다. 괜스레 이런저런 생각들이 떠오른다.

포장마차. 엄마. 내겐 두 단어가 늘 동시에 떠오른다. 엄마는 내 손을 잡고 자주 포장마차에 갔다. 산낙지와 닭똥집. 엄마가 즐겨 드시던 안주였다. 혼자 소주를 기울이며 외로움을 달래는 엄마의 슬픔을 알기엔 턱없이 어린 나이, 일곱 살이었다. 엄마의 슬픔엔 아랑곳하지 않고 열심히 산낙지를 먹었다. 엄마는 왜 그 어린 딸내미의 손을 잡고 밤마다 포장마차에 갔을까.

엄마는 어떤 슬픔과 외로움에 허덕이고 있었을까. 엄마는 어떤 생각을 했을까.

모두 취해 있었다. 그도 그럴 것이 금요일 밤 새벽 열두 시 반이었다. 포장마차가 문을 닫기 30분 전, 나를 둘러싼 테이블의 사람들은 거나하게 취해 숨은 쉬면서 말하고 있는 걸까 싶을 정도로 열변을 토하고 있었다. 꼭 그런 남자들이 허세 가득하게 나누는 19금 이야기도 난무했고, '니가 나한테 어떻게 그럴 수 있어'부터 시작해 욕설이 난무하는 테이블까지 다양했다.

잘은 모르지만 인간관계에 있어 니가 나한테 어떻게 그럴 수 있느냐는 말은 참으로 덧없다. 나도 내 마음을 잘 모르는데, 남의 속마음은 어찌 헤아릴 수 있을까. 내가 그 사람을 생각하는 만큼 그 사람은 나를 생각하지 않는다는 것. 중학교 3학년 때 정말 좋아했던 친구에게 "나는 예전부터 네가 정말 싫었어."라는 말을 들으며 눈물로 배웠다. 나는 그때부터 모든 인간관계에서 솔직해지기로 결심했다. 그럼에도 "니가 나한테 어떻게 그럴 수 있어?"라는 대사는 삶에서 자주 등장하곤 한다 .

나를 둘러싼 모든 사람들이 만취 상태다. 그 안에서 술을 한 잔도 먹지 않은 나는, 딴 세계에 온 것마냥 그들의 이야기를 가만히 듣는다. 듣고 싶지 않아도 들리니 어찌할 도리가 없다. 문득 취한 나를, 제3자가 되어 관찰하고 싶다는 생각을 했다. 나는 어떤 이야기들을 쉼 없이 내뱉고 있을까. 금요일 새벽 열두 시 반의 포장마차는 다양한 물음표과 느낌표를 던진다.

봄 같은
시절이 가고,
또 다른 계절이

가장 솔직해질 수 있고, 가장 나다운 글을 쓸 수 있는 건
너와 나의 이야기이기 때문이다.

저장해두었던 산티아고 사진을 보려고 컴퓨터를 켠다. 저장되어 있는지도 몰랐던 낯선 사진 두 장이 보인다. 사진을 찍어 두었구나. 그래, 사실을 고백하자면 지금의 나는 오늘 하루를 찬 무기력하게 보냈다. 긴 시간 키보드를 치지 않았기에 다시 타자를 두드리는 게 꽤나 힘들다. 어디서부터 어떻게 적어야 할지, 머릿속이 텅 비어버린 느낌이다. 백수가 되어 시간은 넘쳐나지만 그렇다고 글을 쓰지 않는 걸 보니, 내가 정말 이 일을 좋아하는 건가 회의가 든다. 그래, 그만큼 지쳤었구나. 이제 정말 3주간 푹 쉬었으니 됐다 싶다. 정말 오늘이 마지막이라 생각한다.

그렇게 너의 사진을 끄집어낸다. 가장 솔직해질 수 있고, 가장 나다운 글을 쓸 수 있는 건 너와 나의 이야기이기 때문이다.

40일간의 여행을 끝마치고 돌아온 내게, 너는 노란 장미를 들고 게이트 앞에 서 있었다. 꼭 투명지에 싸야 하고, 거추장스러운 리본은 없어야 한다는 내 요구를 다 들어준 채 말이다.

나는 분명 기뻤지만, 너와 재회했다는 기쁨보다 여행을 끝마치고 돌아왔다는 벅참이 더 컸던 것 같다. 너와의 반가움보다 돌아온 내가 더 우선이었다. 어쩌면 너는 그걸 알고 있었을지도 모른다. 심지어 나는, 네가 준 장미를 버스 안에 두고 내렸다. 너는 그마저도 알고 있었겠지. 문득 네가 또 혼자 지레 짐작하면서 받았을 상처가 아려온다. 그렇게 너는 혼자 이별을 준비했을지 모른다고 생각한다.

내 멋대로 혼자 상상하고 짐작하며 지금의 사랑을 의심하고, 그에게 상처를 주지 않아야겠다고 다짐하는 나는, 여전히 이기적이다.

너로부터 나는, 현재의 사랑을 지켜본다.

비로소
알게 된다는 것

* * *

천천히 해야 할 필요가 있다.

나는 슬퍼가 아니라, 나는 슬픈 감정을 느끼고 있어, 하고 말이다.

조금 더 여유로워질 필요가 있다. 조금 더 비워낼 필요가 있다. 조금 더 가벼워질 필요가 있다. 조금 더 감정과 분리될 필요가 있다. 조금 더 기다릴 필요가 있다. 조금 더 천천히……. 천천히 해야 할 필요가 있다. 나는 슬퍼가 아니라, 나는 슬픈 감정을 느끼고 있어, 하고 말이다.

그렇게 한 걸음 한 걸음 더 성숙해지길.
그렇게 한 걸음 한 걸음 더 강해지기를.

너를 위한,
아니 나를 위한
그 반지

❀ ❀ ❀

그저 믿을 뿐이다.
지금 마주 잡고 이 두 손을 놓치지 않을 거라고,
그렇게 다시 믿는 거다.

그저 믿을 뿐이다. 지금 마주 잡고 이 두 손을 놓치지 않을 거라고, 그렇게 다시 믿는 거다. '헤어질 거니깐, 어차피 누구나 헤어지니까'라는 전제로 온전히 마음을 주지 않는 게 아니라, '어차피 결혼하지 않을 거니까' 사진 한 장조차 남기지 않는 그런 연애가 아니라. 아름답던 우리 이야기, 그저 그런 흔한 이별 이야기가 될 수 있다 하더라도 지금은 마주 잡은 두 손을 영원히 놓지 않을 것처럼 사랑하는 거다.

그저 믿을 뿐이다. 다시 사랑하는 사람이 생기면 당신이 참 좋아하는 그 카페에서 이 반지를 사고 싶었다는 그 말을, 나이 서른, 처음으로 커플링을 껴본다는 당신의 말을 말이다. 그게 내 사랑이다. 그게 내 방식이다.

너는 미련하다고, 지금 이 나이가 아니면 여러 개의 방을 언제 만들겠느냐는 소리를 들어도, 그렇게 유난 떨더니 결국 너네도 헤어졌구나, 하는 뻔한 소리를 듣더라도 말이다. 이게 내 사랑이다. 이게 내 삶이다.

첫눈과
낮술

❀❀❀

당신의 삶에 나타나줘서 고맙다는 그 말이 귀에서 맴돈다.
맴맴. 돌아가면 미안했다고, 고맙다고 꼭 안아주어야겠다.

첫눈이다. 내겐 첫눈이었다. 서울이 첫눈으로 하얗게 뒤덮이던 날, 제주에는 비가 왔다. 한라산이 하얗게 뒤덮이던 날, 내가 있는 제주시에는 그저 우박만 잠시 내릴 뿐이었다. 얼굴에 닿자마자 눈이 녹는 그 느낌, 1년 만이다.

기억한다. 첫눈이 오는 날은 꼭 낮술을 먹자는 그 약속을 말이다.

기억한다. 첫눈이 오던 날 수업이 끝날 때까지 나를 기다리던 너를. 통유리 창으로 첫눈이 펑펑 내리던 모습을 바라보며 마셨던 맥주를.

기억한다. 첫눈을 보며 아이처럼 기뻐하던 너를 말이다. 나를 보며 계속해서 예쁘다 해주었던 너를 말이다. 하얀 눈이 쌓이던 네 어깨의 뒷모습을 여전히 기억한다. 고개를 힘껏 젖혀야 보였던 네 어깨였다. 오래도록 기억이 날 테지. 덕분에 특별한 날을 선물받았다. 이제는 흔들림 없이 너를 추억해본다.

제주로 오는 날, 펑펑 눈이 내린다. 눈이 오니 낮술을 먹으러 가자고 한다. 내게 첫눈이 오는 날 낮술을 마시는 게 어떤 의미인 줄 알고 있으면서도 손을 내민다. 대뜸 우리가 함께 맞이하는 첫눈이라고 말하는 당신 앞에서 나는 얼어버렸다.

제멋대로 떠나온 제주에서, 그것도 술에 잔뜩 취해 전화를 걸어 기억도 못하는 말들을 한 시간 넘게 쉼 없이 반복, 또 반복했다. 묵어두었던 이야기가 하고 싶었나 보다. 그 말들을 털어놓고는 마음을 졸이고 또 졸였다. 그는 내가 한 말을 곱씹느라 밤을 샜다고 했다. 잠결에 받은 전화에 사랑한다고 말해준 당신이 고마워 눈물이 났다. 호야는 쉽게 불타오른 불씨는 쉽게 꺼지는 게 세상의 이치라고 말했다. 안다. 그래도 늘 그랬던 것처럼, 내가 세상을 마주하는 그 방식 그대로 진심을 다해 당신을 사랑하기로 한다. 누군가를 만나 좋아하고, 함께 사랑하는 것은 그 자체로 쉽지 않은 일이기 때문이다.

당신의 삶에 나타나줘서 고맙다는 그 말이 귀에서 맴돈다. 맴맴. 돌아가면 미안했다고, 고맙다고 꼭 안아주어야겠다.

내 세계는
안녕해요

* * *

늘 그렇듯 반은 옳고 반은 그르다. 그 어느 것에도 답은 없다.
우리는 아무것도 알 수 없다. 코앞도 내다볼 수 없는 게 인생이란다.

벚꽃은 이미 모두 떨어졌다. 이제 막 피려는 꽃들도, 그 어여쁜 꽃잎들도 더 이상 필 수 없다. 제대로 피지도 못한 꽃들이 차가운 물속에 있다. 아무리 바란들 살아날 수 없다. 그런데 내 세계는 너무나 안녕하기만 하다. 미안하다. 나는 여전히 적당히 자고, 적당히 일하고, 적당히 연애하고, 적당히 논다. 달라질 것은 없다. 누군가에겐 마지막인 하루가 나에겐 지극히 평범한 하루였다.

누구는 말한다. 내일이 없는 것처럼 오늘을 살아라. 네가 흘려보낸 하루는 다른 이에게는 간절한 하루라고. 당신은 말한다. 우리에겐 내일이 있으니 조급해하지 말라고.

늘 그렇듯 반은 옳고 반은 그르다. 그 어느 것에도 답은 없다. 우리는 아무것도 알 수 없다. 코앞도 내다볼 수 없는 게 인생이란다. 그래서 그냥 일단 보이는 것을 인지하기로 한다. 빌어먹을 세상임과 동시에 그래도 아름다운 세상이고, 대단히 부조리한 사회임과 동시에 희망이 아예 없는 사회는 아니다.

여전히 생각만 해도 울컥 와르르 무너짐과 동시에 뭘 해야 하는지 뭘 할 수 있는지 모르겠다. 내가 조급함과 동시에 당신은 너무나 여유로운 것도 사실이다. 생각이 너무 많아 힘이 들 땐, 그렇게 지금 보이는 것들을 적어내본다.

귤잎은 낭만이다
네게 낭만을 보낸다

비포미드나잇

❀❀❀

영화 속 할아버지의 대사처럼 결국 중요한 건,
상대방의 사랑이 아니라 삶 전체의 사랑이다.

가장 그리워지는 게 밤에 제 옆에 누운 모습이에요. 가끔씩 팔이 제 가슴까지 내려오면 전 꼼짝을 못하고 숨까지 죽이죠. 그래도, 안심이 돼요. 완전히. 또 거리를 걸으며 냈던 휘파람 소리도 그리워요.

제가 뭘 할라치면 환청이 들리죠. '오늘 추우니까 스카프 둘러.' 근데, 요즘엔 소소한 건 깜빡해요. 희미해지는 게, 잊혀지는 거죠. 그럼……. 그럼 두 번 잃는 것만 같아요. 그래서 가끔씩 그이 얼굴을 세세히 떠올려보죠. 눈빛이며 입술, 그이 치아, 피부결이며 머리카락까지 그이가 떠나면서 다 사라졌지만요.

또 가끔, 늘은 아니지만 가끔 그이가 보여요. 구름이 걷히면 그이가 보이죠. 만져질 거 같아. 그러다 환상이 깨지면 또 사라지죠. 한동안은 아침마다 그랬어요.

그렇게 나타났다 사라지곤 해요. 해가 뜨고 지듯이. 많은 게 참 한 순간이죠. 우리네 삶도 그렇구요. 우린 잠시 왔다가 사라지는 거니까. 우린 누군가에게 소중하지만, 잠시만 왔다 가는 거예요.

〈비포미드나잇before midnight〉 중에서

지금은 참 좋아하는 시간, 해가 넘어가려고 하는 그 시간이다. 햇빛이 그림자를 만드는, 그 시간 말이다. 할머니가 저 대사를 할 즈음, 문득 나는 그렇게 쓰고 싶었다. 나 역시 밤에 내 옆에 누운 당신의 모습이 좋다고 말이다. 뒤에서 꼭 안아주면 나 역시 꼼짝을 못하고, 안심이 된다고. 또 문득, 으레 사랑을 하면 지겹게 반복하는 그 생각. '지금 당신이 내 마지막 사랑일까'를 떠올렸다. 그런 물음이 떠올랐지만, 금세 지는 해처럼 금세 그 질문을 잃어버리고 말았다.

영화 속 할아버지의 대사처럼 결국 중요한 건, 상대방의 사랑이 아니라 삶 전체의 사랑이다. 왔다, 간다. 해가 왔다, 간다. 하루가 저물고 있다. 나는 오늘도 사랑하고 있다. 당신이 보고 싶다.

그렇게
나는
전진한다

"지나봐야 알겠지."

역시나 당신은 나를 구름 계단 위로 올려놓지 않는다.

당신 말이 맞다.

지난 4개월의 기나긴 여행을 끝마친다. 여러 가지의 흔적들로 뒤덮여 있는 책상을 하나 둘 정리한다. 너에게서 받은 편지가 나온다.

나는 종종 당신에게 묻는다. 사랑이 뭘까. 우리는 사랑일까. 원래 청춘은 이렇게 사랑타령을 하는 걸까. 당신은 대답한다. "지나봐야 알겠지." 역시나 당신은 나를 구름 계단 위로 올려놓지 않는다. 당신 말이 맞다. 우리는 아무것도 알지 못한다.

알지 못해도 좋다.

생각해보면 의외로 간단했다. 헤어지면 죽을 것만 같았던 첫사랑도 의외로 간단히 잊혀지는 법이었고, 나를 두고 다른 사람을 만났던 두 번째 사랑의 배신감도 의외로 간단히 이해가 됐다. 인턴을 포기하고 가는 산티아고 순례길은 인생에서 큰일이 난 것마냥 소란스러웠지만, 의외로 그건 간단한 선택의 문제였다. 순례길을 걸으면서도 그 안에서 생겨나는 문제들로 몹시 괴로웠지만, 하루 걷지 않으니 많은 게 달라질 만큼 의외로 간단한 태도의 차이였다.

이 글을 쓰는 시점은 산티아고에 다녀온 지 딱 일년이 되는 가을이다. 그동안 나는 어디에 머물고, 얼만큼 나아갔을까? 나는 여전히 더디지만, 조금씩 나아가고 있다. 두 여행은 삶을 마주하는 자세에 대해 일러주었다. 세상은 하루에도 몇 번씩 이렇게 살아야 한다느니, 죽기 전에 이곳은 꼭 가봐야 한다느니

쉼 없이 떠든다. 늘 그래야만 할 것 같았던 세상의 지침들은 알고 보니 내 것이 아니었다. 괜한 내일 걱정과 한없이 흘려보냈던 '오늘'이 이제는 가장 중요한 '하루'가 되었다. 미래에 무엇을 할 것인지 계획하지 않는다. 이제는 안다. 지금 하고 있는 일에 최선을 다하면, 분명 또 다른 기회가 찾아온다는 것을 말이다. 필요한 건 선택에 대한 책임을 질 수 있는 용기이다. 나는 여전히 길에서 길을 묻고 있다.

나는 누군가에게 "내가 살아보니깐 이렇더라."라고 이야기하고 싶지 않다. 나는 그저 내 글과 그림, 사진을 통해 '이렇게 살아가는 누구의 이야기'로 전달되고 싶다.

내 이야기를 세상에 전할 수 있게 기회를 주신 도서출판 자화상과 편집자 조혜정 님께 큰 감사를 드린다. 용기가 부족해 산티아고에 떠날까 말까 수차례 고민할 때, 너는 내가 해낼 수 있다고 했다. 내가 그 말을 백 번 말해달라고 하면 기꺼이 백 번을 말해주던 너였다. 나는 진심으로 네게 고맙다는 말을 전한다.

마지막으로 내 삶의 모든 것을 가능하게 해준 엄마에게 진심으로 사랑한다고 말하고 싶다.

○

그 길을 걸었던 것이
벌써 2014년의 일이라니.

행복해지는 일은 의외로 간단한 일이었고, 다만 단순해지기 힘들 뿐이라고, 그렇게 노트에 다짐하듯 써 내려간 기억이 난다. 이대로 마음 변치 않고 오래도록 단순하고 평안한 날들이 이어지면 좋으련만, 현실은 역시 만만한 것이 아니어서 나는 이 섬의 일상 속에서 곧잘 여러 번 흔들리곤 했다.

나를 위하는 많은 말들이 날카롭게 마음에 박혀 며칠이고 내 마음을 곪게 했고, 품고 또 이해하려 했으나 결국 내 그릇을 넘쳐버려 또 생각에 잠기게 했다. 낯선 에피소드들을 반복해서 겪으며 어째서 내 위안의 섬 제주까지 와서도 상처는 멈추지 않나, 고단함은 더 깊어지는가, 그런 생각에 힘들다가도 해 질 녘 집으로 돌아가는 길에 마주한 바다에 '그래, 이 맛에 제주에 살지.' 하며 다시 마음이 말랑하게 풀어지는 날들의 반복이었다. 제주는 여전히 내게 위안이다.

해를 거듭할수록 조금씩 성숙해지는 나를 발견할 때면, 그래도 그 버거운 시간을 잘 버텨내며 여기까지 왔구나, 스스로가 대견해지기도 한다.

제주살이가 몇 년 지나고 보니 깨달아지는 것이 있다.

그들 모두, 갑자기 뿌리째 낯선 곳으로 삶을 옮겨오면서 내가 겪은 것과 같은 낯섦과 상처를 마주 했었을 거라는 점이다. 처음 겪었을 환경, 처음 마주했을 사람들, 처음 일궈나가는 생업. 이 모든 것이 나답지 못하게 우왕좌왕하게 했을 거라는 사실을, 그리하여 중간 점검을 하듯 내가 원했던 제주의 삶이 이런 것이었나, 한번 걸음을 멈추게 했을 거라는 사실을, 그리고 오래된 방의 창문을 열듯, 마음을 환기시켰을 거라는 사실을 말이다.

언젠가 지나온 그 시절의 이야기를 옛이야기를 하듯 따뜻하게 들려줄 날이 오기를 바란다. 그래서 그 이야기를 듣는 사람들 역시 자신의 기특함과 마음 깊은 곳에 고요하게 잠겨 있는 따뜻한 사랑을 새삼 발견할 수 있기를.

절로 모든 것이 사랑이구나, 하며 마음 따뜻해지는 날이 지금 내 앞에 있다.

- 2019년 봄, 제주에서